陶子珍　著

兩宋
元宵詞研究

自　序

　　宋詞的研究工作發展至今，有以各階段詞風之傳承為研究的目標，有以各詞家為研究的對象，也有以派別、類型為研究的方式，種類繁多，但均未注意到記載「節令」的詞作，以及它的實用價值；其中尤以元宵詞最具代表性。上元的民風習俗影響著詞作的內容，而詞人也藉著上元節令，反映心聲，寄託情感。所以兩者的關係十分密切，值得我們深入研究與探討。

　　本論文共分為五章。首章緒論，先說明研究此題的動機、方法和目的。第二章是將兩宋元宵詞中所反映之習尚，作一綜合整理與概略介紹。第三章是就元宵詞的內容，分類敘述，瞭解其作用。第四章是從情景、對比、典故、詞調等方面，探討元宵詞所運用的形式技巧。第五章結論，是將上述各項的研究心得，作一總結。

　　本論文的撰寫，從決定題目、擬定大綱、蒐集資料到完成內容，承蒙　王師偉勇悉心指導，至深感佩。師恩浩瀚，難以言報，謹以至誠，敬申謝意。並感謝東吳大學中文系碩士班學妹王秋文，協助繕打及校對文稿。然自揆才疏學淺，闕失不周之處，在所難免，還請知音君子，不吝　教正。

陶 子 珍 謹識

中華民國九十五年六月

目　　次

第一章　緒論

第一節　研究兩宋元宵詞的動機

　　在天地宇宙間，人們對於時序節令的變化，應是最敏感的。然隨著節令的到來，時序的遞換，產生了許許多多應時應節的習尚與活動，再經過歷代的流傳演變，相沿成習。因此這是一股強大的社會洪流，不但關係著我國民俗的發展，也影響了整個文學的內容趨勢。宋・張炎《詞源》就專列「節序」一項，可見反映時序習尚而作的節令詞，在兩宋詞中，的確佔有相當大的比重和分量。其中又以歌詠元宵節的詞作數量最為可觀（參王偉勇《南宋詞研究》第三章第十一節），故本論文擬以兩宋元宵詞為研究對象，主要的動機有三點：

　　一、民俗的研究漸受重視，引發了個人的興趣。眾所周知，民俗是伴隨著人類社會產生而形成的文化現象，是人們在日常生活中，通過語言和行為，所傳承下來的風俗、習慣。不僅是我國民族特有的寶藏，且在諸多的研究工作中，如社會學、美學、文學等，亦無不直接或間接的與民俗發展有關。因此，從各個層面去探究民間節令習尚，實值得去嘗試，也是必然的趨勢。

　　二、元宵節的慶祝活動，至宋代發展到了一個新階段。其中改變的過程，以及新興的情景，值得我們深思玩味。我們除了可以看到社會環境的不同對上元風俗習尚的影響外；並可窺見在不同的政治背景下，由元宵節的熱鬧繁盛所反映出的世態人心。因此，以節令當中的元宵節為研究對象，是有其意義與價值的。

　　三、歷來的學者研究宋詞，或著重詞人作品的箋註、考證；或著重同類題材的分析比較。然為能進一步擴展宋詞的研究層面，本論文乃計畫從另一個角度——節令，來探討詞作。期能藉著不同的觀照與方法，瞭解節令習俗對詞人作品的影響，進而結合民俗學與詞學，拓展詞體的實用性。故對兩宋元宵詞的研究，是有其必要性的。

第二節　研究兩宋元宵詞的方法

　　本論文以兩宋元宵詞為研究對象，主要以唐圭璋所編之《全宋詞》，及孔凡禮《全宋詞補輯》為範圍，從中選取有關的元宵詞篇，加以分析探討，選材的原則如下：

　　一、詞序中已清楚標明上元情事者。如：張繼先〈瑤臺月〉，詞題云：「元宵慶賞。」（《全宋詞》，頁七五八。）李邴〈女冠子〉，詞題云：「上元。」（《全宋詞》，頁九五〇。）趙以夫〈木蘭花慢〉，詞題云：「漳州元夕。」（《全宋詞》，頁二六七一。）

　　二、詞句中有吟詠元宵活動盛況者。如：范致虛〈滿庭芳慢〉：「北闕華燈預賞，嬉遊盛、絲管紛紛。」（《全宋詞》，頁六九四。）楊澤民〈解語花〉：「星橋夜度，火樹宵開，燈月光交射。」（《全宋詞》，頁三〇一二。）

　　三、詞句中有描繪上元習俗者。如：楊无咎〈踏莎行〉：「心期休卜紫姑神，文章曾照青藜杖。」（《全宋詞》，頁一一九八。）無名氏〈戀繡衾〉：「鬧市裏、看燈去，喜金吾、不禁夜深。」（《全宋詞》，頁三六七八。）

　　在《蘇州大學學報》一九八三年第四期，載有楊海明〈宋代元宵詞漫談〉一文，是以整個宋代詞史的觀點來看元宵詞，而認為：「研究元宵詞的『簡史』，也可以從中看到整個宋詞發展的一個縮影或一個側面。」然本論文撰寫的原則，是偏重於對元宵詞作本身的探討：

　　首先就兩宋元宵詞中所反映出的習尚，加以整理，而後參考歲時習俗叢書、筆記小說及方志、縣志等記載，對元宵節的風俗習慣作一概略介紹。

　　接著本文的重點在於分析兩宋元宵詞的內容，就詞作中所表現的主要思想或情感，加以分類歸納，從不同的體裁與主題中，發覺其風格上的特色。

　　最後則是析論兩宋元宵詞的寫作技巧，探討其情景襯托的安排及對比手法的運用，並統計分析元宵詞常用的典故與詞調，以瞭解兩宋元宵詞在形式方面的特徵。

第三節　研究兩宋元宵詞的目的

　　在宋詞的範疇裏，我們可以欣賞到各式各樣的詞篇，它們各以不同的題材形態，構成豐富的內涵意蘊。本文以研究兩宋詞中的元宵詞入手，是希望宋詞的研究工作有一個別開生面的成效，讓宋詞的視野能夠更為遼闊。

　　此外，對元宵習尚的介紹，是希望透過民間的風俗習慣，從元宵的卜祀中，窺探出人民的心聲；以及由傳統的風俗與娛樂活動中，瞭解當時市民生活的情景；進而深入探討人們心靈的寄託，和情感的發抒，期能確切掌握元宵詞的內容寓意。

　　最後是希望藉由本文之研究，了解元宵活動在詞中的表現情形；以及詞人藉著元宵宴饗聚會，彼此酬酢贈答的情況；甚或趁著上元良辰美景，而產生的浪漫情調；更藉由元宵風物今昔的改變，而傾訴出的深沉感觸。由此使大家明白，元宵習尚與元宵詞作，是密切相關的；甚至希望能夠藉此啟發人們對其他節令詞作的研究興趣。

第二章　兩宋元宵詞中所反映之習尚

　　每年的農曆正月十五日為元宵節，是夜則稱為「元夕」或「元夜」。這一天是一年當中第一個月圓的日子，闔家團聚，延續著春節歡樂的氣氛。各個地區均安排了多彩多姿的慶祝節目；歡欣鼓舞的熱鬧場面，使春節的尾聲，再掀起高潮，因此，元宵節也被稱為「小過年」（附圖（一））。同時又由於文人筆下生動的描繪，使這個融合民俗與遊樂的節慶活動，歷代相傳，經久不衰。而關於元宵節最早之起源，在文獻上並沒有明確的記載，各家的看法也不一致，然依據相關資料的整理歸納，有以下兩種較為常見的說法：

　　一為「祠太一」：《史記》卷二十四〈樂書〉載：「漢家常以正月上辛祠太一甘泉，以昏時夜祠，到明而終。」「太一」也作「泰一」、「太乙」或「泰乙」，唐・司馬貞《史記索隱》引宋均云：「天一、太一，北極神之別名。」漢武帝初從謬忌之奏，以為太一乃天神之貴者，置太一壇以祠太一神，而後又興建甘泉宮，中為臺室，畫天地太一諸鬼神，而置祭具，以致天神（事見《史記》卷二十八〈封禪書〉）。這種從夜到明的祭祀活動，其祠時烈火滿壇旁，類似後代通宵達旦的張燈習俗，故明・陳三謨《歲序總考全集》卷五〈四時令節詳解〉載：「漢家祠太一，以昏時祠到明，今人正月望日觀燈，是其遺事。」[1]

---

[1]　王秋桂於〈元宵節補考〉一文言：「一般認為這是元宵最初的由來。

　　另一為「表佛法」：宋‧陳元靚《歲時廣記》卷十〈上元上〉「大明燈」項引《僧史略》云：「漢法本傳西域，十二月三十日乃中國正月之望，謂之大神農變月，漢明帝令燒燈，以表佛法大明。」而後逐漸演變，成為元宵燃燈之始。[2]

　　到了魏晉，增添了燈節祭門戶、祀蠶神、迎紫姑的風俗。至隋唐時代，中國社會結束了四百年來的大動亂，天下統一，

不過據武帝『本紀』，祭拜太一並不一定在正月（在十一月時居多），而且三年才郊祭一次。另外，武帝祠太一主要為的是要求仙，和後來元宵節的意義不同。因此兩者相似的成份恐怕只是偶然而已；元宵節很難說是以武帝祠太一事而開其端。」（《民俗曲藝》第65期，1990年5月，頁6。）但據《史記》卷二十八〈封禪書〉載：「古者天子以春秋祭太一東南郊，……於是天子令太祝立其祠長安東南郊，常奉祠如忌方。其後有人上書言：『古者天子，三年壹用太牢祠神三一：天一、地一、太一。』天子許之，令太祝領祠之於忌太一壇上，如其方。」此在《史記》卷十二〈孝武本紀〉亦有相同的記載，所以若言三年才郊祭一次，應是後來才改的。而且《史記》卷二十四〈樂書〉中也明言：「漢家『常以正月上辛』祠太一甘泉。」故孰是孰非，仍有待商榷，此僅聊備一說耳。

2　涂元濟、涂石〈燈節的起源與發展〉一文所言，可做為此說之補充：「從元宵節的實質內容進行考察，我們認為它最早起源於對火的崇拜，以及對火崇拜的具體運用。……我國的燈節不是外來品。但無可否認，佛教的盛行，對我國燈節是起著推波助瀾的作用的。《歲時廣記》引《涅槃經》云：『正月十五日，如來闍維訖收舍利罌置金床上，天人散花奏樂，繞城步步燃燈三十里。』又引《西域記》云：『摩竭陀國正月十五日，僧徒俗眾雲集，觀佛舍利放光雨花。』又引《唐書‧嚴挺之傳》云：『睿宗先天二年正月望夜，胡人婆陀請於玄武樓外燃百千燈供佛，縱都民出觀。』佛教本也崇拜火，寺廟的長明燈便是最好的證據，為了傳播教義，佛教徒利用我國本土的以火驅疫的迷信活動，推其波助其瀾，是很自然的事。」（《民間文學論壇》1985年第1期，頁93、95。）案：《唐書》卷一百二十九〈嚴挺之傳〉載：「先天二年正月望夜，胡人婆陀請然百千燈，因弛門禁，又追賜元年酺，帝御延喜、安福門縱觀，晝夜不息，閱月未止。」此與前文從《歲時廣記》中所引之《唐書‧嚴挺之傳》，略有出入。

社會經濟恢復，相繼出現了「貞觀之治」、「開元盛世」，使漢代形成的元宵節大放異彩，從此一掃漢代敬神禮佛的節日觀念，而開元宵行樂之端。發展至宋，由於前代的形成醞釀，不僅放燈時間延長，且興起了煙火；加以君王的大力提倡，使宋代的元宵節，熱鬧空前，發展到一個新的階段。（以上參郭興文、韓養民《中國古代節日風俗》〈元宵節〉）

　　這個萬民同樂的良辰佳節，文人們以詩詞名篇，為元宵盛況留下了見證，故以下擬就兩宋之元宵詞，分為四節，敘述詞中所反映的習尚：第一節先陳述在元宵節所從事之祭祀與占卜的活動；第二節則略述元宵張燈的熱鬧場面及燈之種類；第三節概略的介紹傳統的元宵風俗和娛樂活動；第四節則把人們應景所吃的特殊節食作一綜合敘述。

第一節　元宵卜祀

　　我國的節期，是準照「應天順時」的基本原則，歲時節序是天行，冥冥中有神做主宰。因此在中國古代傳統的節令風俗中，普遍呈現出人們對神靈的崇拜與信仰，不同的節日，有著不同的祭祀活動，反映出人們希望能藉著年節的祈願，得到庇祐；甚至希望能夠預卜未來，趨吉避凶，元宵節當然也不例外。因此本節將分「祭祀」與「占卜」兩部分，並舉一、二詞作為例，[3]介紹元宵卜祀的習俗。

---

[3]　有的節令習尚，在所彙集的元宵詞中，僅出現一、二例，但這顯示宋

壹、祭祀

「尊天崇祖」是我國民間信仰的基礎，所以每逢元宵，家家戶戶必先祭祀祖先和神明；但在詞中我們還可以發現幾種特殊的祭祀活動：

一、祭天官

正月十五日元宵節，相傳是天官大帝的誕辰，人民百姓多於此日舉行祭典儀式，請求賜福。吳潛〈永遇樂〉詞，提出了一個簡單的願望，但卻是大家共同的心聲：

> 「祝告天公，放燈時節，且收今雨。」（《全宋詞》，頁二七五一。）

當大家虔誠祝禱之時，詞人也設想到神靈的心境：

> 「三官此夕歡諧。金蓮萬盞，撒向天街。」（無名氏、失調名，《全宋詞》，頁三七四八。）

「天官」為道教所信奉的三官之一，而三官為天官、地官、水官，合稱「三官大帝」或「三界公」（附圖（二）、（三））。舊稱農曆正月、七月、十月的十五日為上元、中元、下元，為三官聖誕，合稱「三元」；所以元宵節又叫做「上元節」。據說，上元賜福天官紫微大帝、中元赦罪地官清虛大帝、下元解

代已有此習，所以儘管詞人描述節令活動的重點不在此，然為全面觀照，文中仍加以介紹。

厄水官洞陰大帝，都是奉玉皇上帝之命，到世間庇護眾民的。[4]
《大宋宣和遺事》亨集載：

> 蓋自唐玄宗開元年間，謂天官好樂，地官好人，水官好
> 燈；上元時分，乃三官下降之日，故從十四至十六夜，
> 放三夜元宵燈燭。

因三官下降在上元時分，故常以「天官」來統稱「三官」；
「祭天官」實則為「祭三官」。而每年的正月十五日，人民均
會準備牲禮，進香膜拜，向三官大帝求福。[5] 宋・吳自牧《夢粱

---

[4]　一般除了將「三官」解釋為：天官紫微大帝、地官清虛大帝、水官洞
　　陰大帝外，還有以下幾種不同的說法：
　　(1)　清・黃伯祿《集說詮真》引〈陔餘叢考〉曰：「漢靈帝熹平中，
　　　　有張道陵之子衡，造符書，令有疾者自首，書名氏及服罪之意。
　　　　作三通：其一上之天，著山上，其一薶之地，其一沈之水，謂之
　　　　天、地、水三官。使病者出米五斗，三官之名，實始於此。」（第
　　　　三冊）
　　(2)　傳說三界指的是堯、舜、禹的總稱。堯的至仁感動了天，所以在
　　　　位時，風調雨順；舜開墾土地有功，禹治水其功厥偉，所以玉皇
　　　　大帝封三帝為天官、地官、水官，來保護人民。
　　(3)　又有人說「元始天尊」有三子，長子名上界，次子名玉皇上帝，
　　　　三子名清虛大帝。上界又稱四福天官，掌理神界；玉皇上帝又稱
　　　　紫微大帝，為天上界之王；清虛大帝則為管下界的神，這三子總
　　　　稱三官大帝。
　　（第(2)、(3)兩點係參考林明義《臺灣冠婚葬祭家禮全書》，第三篇：
　　　〈正月〉第二十七項。）
[5]　林明義《臺灣冠婚葬祭家禮全書》，第三篇：〈正月〉，對祭祀三官
　　大帝的過程，有詳細的敘述：「每年的正月十五日要向三官大帝祈福，
　　祭品於一個禮拜前開始準備，首先由爐主通知首事，首事再通知各區
　　民眾捐錢，交由爐主作為祭祀費用，爐主要吩咐道士的佣人準備供物，
　　在祭典的前一天，和首事一同到廟中，請廟守整理廟內外的桌椅，祭
　　典當天，以五牲、菜類、果子、酒、金錢等為供禮，爐主和首事燒香
　　禮拜後，道士便代人民祈求地方平安、農工商業繁榮、家畜繁殖旺盛

錄》卷一「元宵」條載：

> 正月十五日元夕節，乃上元天官賜福之辰。……今杭城元宵之際，州府設上元醮。

設醮，是設置祭壇以祈福；詞人張孝祥之〈鷓鴣天〉：「上元設醮」，道出了此番情景：

> 「詠徹瓊章夜向闌。天移星斗下人間。九光倒景騰青簡，一氣回春遶絳壇。　　瞻北闕，祝南山，遙知仙仗簇清班。何人曾侍傳柑宴，翡翠簾開識聖顏。」（《全宋詞》，頁一六九四。）

二、祀蠶神

我國以農立國，人民除了五穀收穫外，種桑養蠶成了主要的經濟來源，在「泛靈信仰」的基礎下，人們關心蠶業的豐收與否，自然就想到討好蠶神，寄望於蠶神的保佑。而王千秋〈鷓鴣天〉：「蒸繭」一詞，即反映出此種心願：

> 「比屋燒燈作好春。先須歌舞賽蠶神。便將簇上如霜樣，來餉尊前似玉人。」（《全宋詞》，頁一四七三。）

等，待擲筊、三巡酒、燒金紙後結束。」（第二十七項）如此慎重而講究的排場，可能是發展到後期，甚至是在今日臺灣地區，才出現的情形，宋時之祭典應該還無此種盛況。註4第(2)、(3)點與註5所引之資料，在高賢治編、馮作民譯的〈臺灣舊慣習俗信仰〉第三編「歲時節令與祭典」中，有類似的記載。（此文收錄於《臺灣風物》第 29卷第 1 期，1979 年 3 月，頁 311—313。）

關於祭蠶神的緣起，梁・吳均《續齊諧記》云：

> 吳縣張成夜起，忽見一婦人立於宅上南角，舉手招成，成即就之。婦人曰：「此地是君家蠶室，我即是此地之神，明年正月半，宜作白粥泛膏於上祭我也，必當令君蠶桑百倍。」言絕失之。成如言作膏粥，自此後，大得蠶。今正月半作白膏粥，自此始也。

祭蠶神既然能使人蠶桑百倍，那麼致祭的方法，據梁・宗懍《荊楚歲時記》載：

> 正月十五日作豆糜，加油膏其上，以祠門戶。

又南朝宋・東陽無疑《齊諧記》載：

> 正月半有神降陳氏之宅，云是蠶室，若能見祭，當令蠶桑百倍，疑非其事，祭門備之七祠。今州里風俗，望日祠門，其法先以楊枝插門而祭之。

可見這是在門戶前行祭祀之禮。[6]（附圖（四））另外，隋・杜公贍注《荊楚歲時記》於其後加以補充曰：

---

[6]　唐・韓鄂《歲華紀麗》卷一、宋・陳元靚《歲時廣記》卷十一〈上元中〉，將「祀蠶神」、「祭門戶」，分成二項不同的習俗活動，但在同是韓鄂所撰的《四時纂要》卷一「祀門戶土地」項下，卻列舉了《齊諧記》所載之張成遇蠶神事，與前說自相矛盾。而梁・宗懍《荊楚歲時記》在「正月十五日作豆糜，加油膏其上，以祠門戶」項下，及其後杜注，亦並未將此二者分別言之，且「祭門戶」之俗是因「祀蠶神」而來，故從其說。

今世人正月十五日作粥禱之，加以肉覆其上，登屋食
之。咒曰：「登膏麋，挾鼠腦，欲來不來，待我三蠶老。」
則是為蠶逐鼠矣。與《齊〔諧〕記》相似，又覆肉亦是
覆膏之理。

然由前闋〈鷓鴣天〉詞中來看，似乎還增加了歌舞項目，
來祭報神明。發展到後來，唐‧韓鄂《歲華紀麗》卷一載：「今
人作糕粥，謂之粘女財是也。」又《歲時廣記》卷十一〈上元
中〉「祭蠶室」項下載：「今俗傚之，謂之粘錢財。」

三、迎紫姑

我國民俗宗教的特點之一，是人們所崇拜的神明多、範圍
廣；在元宵節，民間就有祭祀「紫姑神」的奇特習俗，它是一
種兼具迷信與娛樂性質的儀式活動，所以能流傳久遠，不被人
們遺忘。大詞人蘇軾在初到黃州時，聽聞紫姑降臨，即往觀之，
並為紫姑填了一闋〈少年遊〉，題序云：「黃之僑人郭氏，每
歲正月迎紫姑神，以箕為腹，箸為口，畫灰盤中，為詩敏捷，
立成。余往觀之，神請余作〈少年遊〉，乃以此戲之。」其
詞為：

「玉肌鉛粉傲秋霜。準擬鳳呼凰。伶倫不見，清香未吐，
且糠粃吹揚。　　到處成雙君獨隻，空無數、爛文章。
一點香檀，誰能借箸，無復似張良。」（《全宋詞》，
頁三二四。）

從「紫姑」這個名字看來，可想見其人必定是一位女子（附圖（五）），她雖受人們的祭祀，但卻有一段淒涼的身世傳說。南朝宋・劉敬叔《異苑》卷五，最早記錄了這個故事：

> 世有紫姑神，古來相傳云是人家妾，為大婦所嫉，每以穢事相次役，正月十五日感激而死。

此外，清代黃伯祿《集說詮真》中所引《神女傳》、《重增搜神記》之合載，則有較詳細的說明，可做為《異苑》的補充：

> 紫姑，萊陽人，姓何名媚，字麗卿，自幼讀書伶俐，於唐武后垂拱歸闖，壽陽刺史李景納為妾，其妻妒之，正月十五日，陰殺之於廁中，天帝憫之，命為廁神。（第三冊）

因此，紫姑又被稱為「廁姑」、「廁坑姑」或「茅姑」等。通常於元宵之夜，婦女們有祭祀紫姑的習俗（附圖（六）、（七）），如《荊楚歲時記》載：

> 正月十五日……其夕，迎紫姑……。

祭拜紫姑的活動，多在廁間或豬欄邊進行，有趣而又奇特。依據典籍記載，既有束草人、紙粉面、首帕衫裙的紫姑，[7]也有像蘇軾〈少年遊〉詞題中所云之「以箕為腹，箸為口」的紫姑，更有以杓子、水瓢等工具來扮紫姑的。[8]而迎請紫姑的手續則繁

---

[7] 據明・劉侗、于奕正《帝京景物略》卷二〈春場〉載：「望前後夜，婦女束草人、紙粉面、首帕衫裙，號稱姑娘；兩童女掖之，祀以馬糞、打鼓、歌馬糞薌歌，三祝，神則躍躍，拜不已者，休；倒不起，乃咎也。男子衝而仆。」

[8] 據胡樸安《中華全國風俗志》下篇卷二〈河南・沁源縣之閨閣游戲〉

簡不一，根據《異苑》卷五記載，須念一段祝詞：

> 子胥不在（是其婿名也），曹姑亦歸（曹即其大婦也），小姑可出戲。

紫姑若降臨，則：

> 捉者覺重，便是神來。莫設酒果，亦覺貌輝輝有色；即跳躑不住，能占眾事，卜未來蠶桑。又善射鉤，好則大舞，惡便仰眠。（《異苑》卷五）

　　由此可知，迎紫姑的目的，主要是在卜來年蠶桑之事，但在詞中所表現的，則擴展至問歸期、探消息，如：

> 「帝城今夜，羅綺誰為伴。應卜紫姑神，問歸期、相思望斷。」（歐陽修〈驀山溪〉，《全宋詞》，頁一四二。）

> 「歡情未足。更闌謾勾牽舊恨，縈亂心曲。悵望歸期，應是紫姑頻卜。」（胡浩然〈萬年歡〉，《全宋詞》，頁三五三六。）

> 「美人慵翦上元燈，彈淚倚瑤瑟。卻上紫姑香火，問遼東消息。」（朱敦儒〈好事近〉，《全宋詞》，頁八五三。）

載：「……請簣姑娘，用杓子一把，趕杖一條，小兒衣服數件，紮成如人形，置於陰溝旁，焚香叩首，念咒數句，二人抬至灶神前，以卜一年吉凶，或詢以將來之富貴貧賤，問話時杓頭若點動即為應允。」又《中華全國風俗志》下篇卷六〈湖南・長沙新年紀俗詩〉載：「閨中婦女，每於新年迎接瓢姑姑神，取廚中水瓢一隻，上縛一竹筷，兩人以手托之，口中祝詞畢，瓢上竹筷即能寫字，家人可卜休咎，如小孩索糕餅時，瓢能轉動竹筷，與案上供品贈之。」

　　然不論情形如何改變，「迎紫姑」可說是元宵節一個逗樂的節目，即使拜神也是在輕鬆愉快的氣氛下進行。紫姑雖不是屬於什麼法力無邊、普渡眾生的神明，但她對於社會民俗的影響力卻是不容忽視的。[9]

貳、占卜

　　前項「迎紫姑」的活動，已具有占眾事、卜蠶桑、問歸期等占卜的功能，可見「祭祀」是祈求神明的庇護，是人們一種心靈的寄託，而「占卜」則是人們進一步的想要洞察吉凶，預知未來，所以在元宵節令氣氛的烘托下，詞人於詞中反映了以下幾種關於占卜的習尚：

一、繭卜

　　每一個人對於不可知的將來，都懷抱著希望，甚至迫不及待的用各種方法尋求答案，如「繭占先探」（李昴英〈瑞鶴仙〉，《全宋詞》，頁二八七二），「繭帖爭先」（趙必瑑〈齊天樂〉，

---

[9]　趙師俠〈洞仙歌〉下半闋：「心忙腹熱，沒頓渾身處。急把燈臺炙艾炷。做匙婆、許蔥油，麵灰畫葫蘆，更漏轉，越煞不停不住。待歸去、猶自意遲疑，但無語空將，眼兒廝覷。」（《全宋詞》，頁二〇九五。）其中「做匙婆」應是與「迎紫姑」相似的活動，迎紫姑的習俗流傳久遠，在經過環境的變遷，與時代的歷鍊後，有與類似的故事發生合流的現象，也有從其本身演化出相關傳說的情形，因而產生了戚姑、七姑娘、箕姑、鍼姑、灰堆婆婆、鱉姑娘、淘籮頭娘子、瓢姑姑、冬生娘、關三姑等名目繁多，實則類似的傳說習俗。

《全宋詞》，頁三三八二），就是詞人們利用當時盛行的「繭
卜」之法，來預卜吉凶。有的將占得的結果細細推敲，有的已
將未來畫上了美好的憧憬。例如：

> 「探繭推盤。探得千秋字字看。」（劉辰翁〈減字木蘭
> 花〉，《全宋詞》，頁三一九六。）

> 「傳柑相遺，探繭爭先，明年今夕。」（趙必璩〈燭影
> 搖紅〉，《全宋詞》，頁三三八二。）

繭卜之「繭」，指的是「麵璽」（璽，繭的俗字），為搏
粉作成繭形麵食；據五代・王仁裕《開元天寶遺事》卷下〈天
寶下〉「探官」條載：

> 都中每至正月十五日，造麵璽，以官位帖子，卜官位高下。

《歲時廣記》卷十一〈上元中〉「造麵璽」項則謂之「探
官璽」。[10]而明・彭大翼《山堂肆考》卷八〈時令・元宵〉「麵
璽」條下載：

> 宋楊廷秀以上元夜，里俗用粉米為璽絲，書吉語置其
> 中，以占一歲之禍福，謂之璽卜，戲作長句。

所以「繭卜」既可以卜官品，亦可以占禍福，以為戲樂，
是一個富有趣味性的節令習尚。

---

[10] 又宋・陳元靚《歲時廣記》卷九〈人日〉「造麵璽」項引《歲時雜記》
載：「人日京都貴家造麵璽，以肉或素餡，其實厚皮饅頭餕餡也，名
曰探官璽。又立春日作此，名探春璽。餡中置紙簽或削木書官品，人
自探取（貴人或使從者），以卜異時官品高下，街市前期賣探官紙，
言多鄙俚，或選取古今名人警策句，可以占前程者，然亦但舉其吉祥
之詞耳，燈夕亦然。歐陽公詩云：『來時擘璽正探官』。」

二、聽卜

在韓淲〈浣溪沙〉:「十六夜」一詞中,我們發現了另一個占卜的習尚——「聽卜」,其詞云:

> 「荊楚誰言鏡聽詞。燭花影動畫簷低。燒燈天氣醉為期。」(《全宋詞》,頁二二六二。)

據宋・王明清《揮麈後錄》卷六載:

> 楚俗遇元夕第三夜,多以更闌時微行,聽人言語,以卜一歲之通塞。

又清・周碩勛纂修「廣東省」《潮州府志》卷十二(風俗)載:

> 更闌人靜,抱鏡出門,潛聽市人語,謂之響卜。[11]

這是人們從所聽到的聲音,來占卜此年之吉凶及運氣的好壞。[12]而今日臺灣的「聽香」習俗,可說是古代鏡聽之遺意,

---

[11] 婁子匡《歲時漫談》〈聽香、聽鏡〉一文,對「鏡聽」之俗有詳細的敘述:「至於聽口彩,怎樣決定走那一個方向,大陸的俗行是在灶門之前,放一盞燈;又用一隻鐵鑼,放滿了水。擺一隻木杓子在水面,虔誠禮拜,暗中禱告,再撥木杓使牠旋轉,等牠停止了,隨著杓柄所指的方向,抱著鏡子出門,走到外面去。文人把這個俗行稱為『禱灶請方』;詩人也有詩句:『匣中取鏡辭灶王』。所謂『禱灶』,除了向灶神提出請求以外,據說還得念兩句咒語。《瑯嬛記》一書,記著咒語的文字是『並光類儷,終逢協吉』。至於『禱灶』的儀式,是禱告的人懷一枚古鏡,勿使人知,單獨向著灶神雙手捧鏡,誦咒七遍,禱告所請求的事,然後緊閉雙目,出聽人言,以定休咎。也有在聽得人言以後,信足走七步,開眼照鏡,來看所照情況是否合乎所聽人言。」

[12] 宋・王明清《揮麈後錄》卷六載:「子固兄弟被薦時,有鄉士黃其姓

洪波浪、吳新榮主修「臺灣省」《臺南縣志》卷二〈人民志‧風俗〉載：

> 於更深夜靜時，先向神明焚香禮拜告事，并擲筶乞示方
> 向，然後潛赴其方向，澄耳聽取雜語，不拘是否吉祥，
> 再向神明擲筶核示。

以上兩者所行之法雖稍有差異：一為抱鏡，一為焚香；但人同此心，其預求禍福，以斷吉凶的目的，則是千古不變的。

者，亦預同升，黃面有瘢，俚人呼為『黃痘子』，諸曾俱往赴省試，朱夫人亦以收燈夕，往閭巷聽之，聞婦人酬酢造醬法云：『都得，都得，黃豆子也得。』已而捷音至，果然入兩榜。」

第二節　元宵觀燈

　　「張燈設市」是元宵節令習尚的重頭戲，也是最具特色的一項活動，所以元宵節又稱為「燈節」。上元的燈景富麗輝煌，繁盛耀眼；燈品的樣式更是巧奪天工，目不暇給。因此上至王公貴族，下至平民百姓，甚至帝王后妃，無不出遊觀賞那星橋夜度、火樹宵開的燦爛美景。而詞人也在作品中，將此盛況描繪的有聲有色、豐富多彩，憑添了元宵熱鬧歡樂的氣氛。故以下擬從兩宋元宵詞所反映的觀燈習尚，分「結綵張燈」、「繁華燈景」、「御樓同樂」、「燈飾品類」等四部分，做進一步探討。

壹、結綵張燈

　　「慶嘉節、當三五。列華燈、千門萬戶。」（柳永〈迎新春〉，《全宋詞》，頁一七。）

　　「乘麗景、華燈爭放，濃燄燒空連錦砌。」（范周〈寶鼎現〉，《全宋詞》，頁七三四。）[1]

---

[1]　據唐圭璋《宋詞互見考》載：「案此首范周詞，見《中吳紀聞》。《類編草堂詩餘》誤作康與之詞。」（收錄於唐圭璋著：《詞學論叢》，上海：上海古籍出版社，1986 年 6 月，頁 328。）

　　上元張燈之舉，雖以唐代為盛，[2]但從以上兩闋詞中，我們可以看出宋代通衢放燈的盛況，實不亞於唐代，並且還延長了放燈的天數。據《宋史》卷一百一十三〈禮志·嘉禮〉載：

> 三元觀燈，本起於方外之說。自唐以後，常於正月望夜，開坊市門然燈。宋因之，上元前後各一日，城中張燈，大內正門結綵為山樓影燈，起露臺，教坊陳百戲。……後增至十七、十八夜。

　　而在詞作中，詞人們描寫一般地方上的張燈情形為：

> 「花影莫孤三夜月，朱顏未稱五年兄。」（蘇軾〈浣溪沙〉，《全宋詞》頁三一五。）[3]

> 「天應未知道，天天。須肯放、三夜如年。」（王庭珪〈寰海清〉，《全宋詞》，頁八二三。）

　　至若帝里元宵放燈的情況則是：

2　唐·劉肅《唐新語》卷八：「神龍之際，京城正月望日，盛飾燈影之會，金吾弛禁，特許夜行，貴遊戚屬，及下俚工賈，無不夜遊，車馬駢闐，人不得顧，王主之家，馬上作樂，以相誇競。」
　　又唐·張鷟《朝野僉載》卷三載：「睿宗先天二年正月十五、十六夜，於京師安福門外作燈輪……簇之如花樹。宮女千數，衣羅綺、曳錦繡、耀珠翠、施香粉，一花冠、一巾帔，皆萬錢。裝束一妓女，皆至三百貫。妙簡長安、萬年少女婦千餘人，衣服、花釵、媚子亦稱是，於燈輪下踏歌三日夜，歡樂之極，未始有之。」
　　由上述可知唐代燈節內容的豐富多彩，另可參本節附註12、13、14。

3　清·朱孝臧《彊邨叢書·東坡樂府》卷二註此詞云：「《年譜》：辛未作。王案：辛未遊伽藍院，寄袁轂。」（上海：上海書店、江蘇廣陵古籍刻印社，1989年7月，上冊，頁236。）故可知此詞作於宋哲宗元祐六年辛未（西元1091年），當時蘇軾在杭州任知州。

「禁衛傳呼約下廊。層層掌扇簇親王。……。　　宮漏
永，御街長。華燈偏共月爭光。樂聲都在人聲裏，五夜
車塵馬足香。」（無名氏〈鷓鴣天〉，《全宋詞》，頁
三六六八。）

「帝里元宵風光好，勝仙島蓬萊。……。　　訝鼓通宵，
花燈竟起，五夜齊開。」（無名氏、失調名，《全宋詞》，
頁三七四八。）

　　兩相比較之下，可以知道只有在京都，上元才張燈五天，
其他全國各地仍只放三夜燈。而後增的十七、十八兩夜燈，其
延展的緣由各有不同的說法：
　　一說為錢氏納土進錢買兩夜。宋・孔平仲《談苑》卷四載：
「京師上元，放燈三夕，錢氏納土進錢買兩夜，今十七、十八
是也。」（宋・江休復《江鄰幾雜志》、宋・趙德麟《侯鯖錄》
卷四，亦有類似的記載。）
　　另一說為起於宋太祖。宋・王捄《燕翼詒謀錄》卷三載：
「國朝故事，三元張燈。太祖乾德五年正月甲辰，詔曰：『上
元張燈，舊止三夜，今朝廷無事，區宇又安，方當年穀之豐登，
宜縱士民之行樂，其令開封府更放十七、十八兩夜燈』後遂
為例。」
　　又一說為起於宋徽宗。《宋史》卷一百一十三〈禮志・嘉
禮〉載：「政和三年正月，詔放燈五日。」
　　上述三者中，大多是持太祖下詔之說。[4]南宋理宗時，放燈

---

[4]　宋・蔡絛《鐵圍山叢談》卷一載：「上元張燈，天下止三日，都邑舊
　　亦然，後都邑獨五夜，相傳謂吳越錢王來朝，進錢若干，買此兩夜，

的時間又增為六夜，到了明太祖則下詔延長為十夜，[5]可見歷代對張燈活動的興致之高，且樂此不疲。而宋代詞人於元宵詞中對張燈活動的描寫，分成幾個不同的階段：

一、試燈（預賞）：

> 「鳳燭星毬初試燈。冰輪碾破碧稜層。」（朱敦儒〈鷓鴣天〉，《全宋詞》，頁八四四。）

> 「北闕華燈預賞，嬉遊盛、絲管紛紛。」（范致虛〈滿庭芳慢〉，《全宋詞》，頁六九四。）

通常在元夕前一天，十四夜張燈結綵，謂之「試燈」；既有「鳳燭星毬」，亦有「絲管紛紛」。此或是唯恐日後陰晴未保，所以不待上元景色來到，乃紛紛提前點燈，預賞元宵；[6]宋・

因為故事，非也。蓋乾德開蜀孟氏初降，正當五年之春正月，太祖以年豐時平，使士民縱樂，詔開封增兩夜，自是始。」
又宋・朱翌《猗覺寮雜記》卷下載：「近有《侯鯖錄》，載京師上元放燈三夕，錢氏納土進錢買兩夜，今十七、十八夜是也，乃世俗妄傳。乾德五年，詔謂時和歲豐，展十七、十八兩夕。事見《太祖實錄》、《三朝國史》、《國朝會要》。」

5　明・劉侗、于奕正《帝京景物略》卷二〈燈市〉載：「上元六夜燈之始，南宋也，理宗淳祐三年，請預放元宵，自十三日起，巷陌橋道，皆編竹張燈。而上元十夜燈，則始我朝，太祖初建南都，盛為綵樓，招徠天下富商，放燈十日。今北都燈市，起初八，至十三而盛，迄十七乃罷也。」

6　宋・俞文豹〈清夜錄〉載：「宣和七年預借元宵，時有譴詞云：『太平無事，四邊寧靜狼煙眇。國泰民安，謾說堯舜禹湯好。萬民翹望彩都門，龍燈鳳燭相照。只聽得教坊雜劇歡笑。　美人巧。寶籙宮前，咒水書符斷妖。更夢近、竹林深處勝蓬島。笙歌鬧。柰吾皇、不待元

孟元老《東京夢華錄》卷六「十六日」項下，詳細的介紹了預
賞的活動情形：

> 宣和年間，自十二月於酸棗門門上，如宣德門元夜點
> 照，門下亦置露臺，南至寶籙宮，兩邊關撲買賣，晨暉
> 門外設看位一所，前以荊棘圍繞，周回約五七十步，都
> 下賣鵪鶉、骨飿兒、圓子、鎚拍……諸般市合，團團密
> 擺，準備御前索喚，以至尊有時在看位內，門司、御藥、
> 知省、太尉，悉在簾前，用三五人弟子祗應，糚盆照耀，
> 有同白日。仕女觀者，中貴邀住，勸酒一金盃令退，直
> 至上元，謂之預賞。

而預賞時間的長短，文獻上之記載多不一致，[7]少則數十
天，多至數個月，然不論為期多久，均可說是元宵節前的一個
熱身活動，孕育著繁盛熱鬧的節令氣氛。

宵景色來到。只恐後月，陰晴未保。」淳祐三年，京尹趙節齋與竹□
預放元宵，十二日、十四日諸巷陌橋道皆編竹為張燈之計，臣僚箚子
引此詞末二句，為次年五月五日金入寇之讖，十五日早晨遂盡拆去。」
按：其所引之謔詞，據《全宋詞》所收錄為無名氏〈賀聖朝〉，頁三
六七七；而「美人巧」一句宜屬上半闋之末句。

[7]　元‧脫脫等撰《宋史》卷一百一十三〈禮志‧嘉禮〉載：「（政和）
五年十二月二十九日，詔景龍門預為元夕之具。」
宋‧王明清《揮麈後錄》卷四載：「徽宗宣和七年十二月二十一日，
就睿謨殿張燈，預賞元宵，曲燕近臣。」
宋‧銅陽居士《復雅歌詞》載：「景龍樓先賞，自十二月十五日，便
放燈直至上元，謂之預賞。」
宋‧周密《武林舊事》卷二「元夕」條載：「禁中自去歲九月賞菊燈
之後，迤邐試燈，謂之預賞。」

二、正燈

> 「華燈火樹紅相鬥，往來如晝。」（張先〈玉樹後庭花〉，
> 《全宋詞》，頁七八。）

> 「華燈競簇樓臺。正豐年共樂，歡意徘徊。」（劉一止
> 〈望海潮〉，《全宋詞》，頁七九九。）

　　從華燈的「相鬥」、「競簇」，使整個元宵張燈的盛況，
在元夕當晚達到最高潮。清・富察敦崇《燕京歲時記》「燈節」
項載：「自十三以至十七均謂之燈節，惟十五日謂之正燈耳。」
又《古今圖書集成》「曆象彙編歲功典」第二十六卷「上元部」
引《直隸志書・永平府》載：「望日上元，官舉鄉飲，通衢張
燈，謂之正燈。」一切試燈、預賞之活動，均是為此刻做事先
的安排，所以千門萬戶，於正燈時分，莫不競陳燈燭，縱情歡
樂，交織出一幅火樹銀花的昇平景象。

三、收燈（殘燈、落燈、謝燈）

> 「簾幕收燈斷續紅。歌臺人散彩雲空。」（劉鎮〈浣溪
> 沙〉，《全宋詞》，頁二四七四。）

> 「向暮巷空人絕，殘燈耿塵壁。」（吳文英〈應天長〉，
> 《全宋詞》，頁二八八七。）

　　凡事有開始，就有結束，一般稱元宵後一日之收燈為「殘
燈」、「落燈」或「謝燈」。《古今圖書集成》「曆象彙編歲

功典」第二十六卷「上元部」引《直隸志書・昌平州》載：「元宵通衢及寺廟張燈為樂，自十四日始為試燈，十五日為正燈，十六日為殘燈。」宋・吳自牧《夢粱錄》卷一「元宵」條亦載：「至十六夜收燈。」其他文獻上對收燈日雖尚有不同的記載，[8] 然到了「歌臺人散」之時，元宵所有絢爛的燈景，終將落幕；喧囂熱鬧的歡遊場面，也要歸於平靜，繁華過後，只有期盼著下一次元宵節的到來。

　　詞人們把元宵張燈活動分為「試燈」、「正燈」、「收燈」三個階段來描寫，不僅串連出璀璨奪目的放燈情景，同時也反映了元宵「結綵張燈」的節令習尚。

貳、繁華燈景

　　元宵佳節，人們為爭睹星月交輝、光彩耀眼的燈火美景，往往車馬塞途，而連流忘返。然在一片燈海中，首先呈現的是燈市之繁榮景象：

　　　「燈火錢塘三五夜。明月如霜，照見人如畫。帳底吹笙香吐麝。此般風味應無價。」（蘇軾〈蝶戀花〉，《全宋詞》，頁三〇〇。）[9]

8　清・陳夢雷《古今圖書集成》「曆象彙編歲功典」第二十六卷「上元部」引《江南志書・通州》載：「正月十三夜設燈，至十七始罷，謂之落燈。」宋・陳元靚《歲時廣記》卷十〈上元上〉「拆山樓」項引《歲時雜記》載：「正月十八夜謂之收燈。」
　　宋・孟元老《東京夢華錄》卷六「十六日」項下載：「至十九日收燈。」

9　詞中「此般風味應無價」一句，朱孝臧《彊邨叢書》本作「更無一點

「十里輪蹄，萬戶簾帷香風透。火城燈市爭輝照。」（京
鏜〈絳都春〉，《全宋詞》，頁一八四三。）

「東風夜放花千樹。更吹落、星如雨。寶馬雕車香滿路。
鳳簫聲動，一夜魚龍舞。」（辛棄疾〈青玉案〉，《全
宋詞》，頁一八八四。）[10]

「鼓吹喧天燈市鬧，在處鼇山蓬島。」（柴元彪〈唱金
縷〉，《全宋詞》，頁三三七二。）

「燈市」是元宵節前後張設、懸售花燈的地方（附圖（八））；
不僅「燈火輝照」，而且「鼓吹喧鬧」。據宋・周密《武林舊
事》卷二「元夕」項下略云：都城自舊歲孟冬（指冬季的第一
個月，即農曆十月）開始，天街茶肆，就漸已羅列燈毬等求售；
並且已有乘肩小女、[11]鼓吹舞綰者數十隊，以供貴邸豪家幕次
之翫，每夕樓燈初上，則簫鼓已紛然自獻於下。然而除了燈市
這番熱鬧繁華的氣象外，最引人入勝的，是「鼇山蓬島」的
景況：

「是處鼇山聳，金羈寶乘，遊賞遍蓬壺。」（王詵〈換
遍歌頭〉，《全宋詞》，頁二七四。）

塵隨馬」。

[10] 據唐圭璋《宋詞互見考》載：「案此首辛棄疾詞，見《稼軒詞》。《歷
代詩餘》卷四十四誤作姚進道詞。」（收錄於唐圭璋著：《詞學論叢》，
上海：上海古籍出版社，1986 年 6 月，頁 294。）

[11] 清・劉廷璣《在園雜志》卷三載：「〈節節高〉本曲牌名，取接接高
之意，自宋時有之，《武林舊事》所載元宵節乘肩小女是也。今則小
童立大人肩上，唱各種小曲，做連像；所馱之人，以下應上，當旋即
旋，當轉即轉，時其緩急而節湊之。」

「晚日浴鯨海，璧月挂鼇峰。不知今夕何夕，燈火萬家同。」（賈應〈水調歌頭〉，《全宋詞》，頁三五九三。）

「鼇山」為元宵燈景的一種，一般而言，是將燈彩堆疊成一座山，像傳說中的巨鼇形狀，所以名為「鼇山」，也作「鰲山」。但鼇山的形狀，也會有些變化，《武林舊事》卷二「元夕」條載：

> 山燈凡數千百種，極其新巧，怪怪奇奇，無所不有，中以五色玉柵簇成『皇帝萬歲』四大字。

清・黃璟、朱遜志纂修「甘肅省」《山丹縣志》卷九〈食貨〉「風俗」項載：

> 鰲山燈者，以木板作屋，高二、三丈，前用紗罩畫像，內設燈四、五百盞。

又《大宋宣和遺事》亨集載：

> 鰲山高燈，長一十六丈，闊二百六十五步；中間有兩條鰲柱，長二十四丈；兩下用金龍纏柱，每一箇龍口裏，點一盞燈，謂之「雙龍啣照」。

此外，藉由元・施耐庵《水滸傳》的形容，更讓我們知曉了另一種不同樣子的鼇山：

> 扎縛起一座小鰲山，上面結綵懸花，張掛五七百碗花燈。（第三十三回）

故鼇山之形，各地各有異同，而其引人之處，就在於它的

變化多端；再加上「鼇山高聳」、「璧月掛峰」的相互襯托，形成了星火相映的輝煌景色，無怪乎人們會徹夜忘歸了。

　　另外，在元宵詞中還提到了「燈樓」、「燈棚」和「燈山」的景況，如：

> 「星毬高挂，燈樓趲出，良夜正消增五。」（吳潛〈永遇樂〉，《全宋詞》，頁二七五一。）

> 「聞說舊日京華，般百戲、燈棚如履。」（吳潛〈寶鼎現〉，《全宋詞》，頁二七四六。）

> 「又千尋火樹，燈山參差，帶月鮮明。」（無名氏〈金盞子慢〉，《全宋詞》，頁三八二三。）

　　是知，築鼇峰、修燈樓、架燈棚（附圖（九））、建燈山，構成了元宵的主要燈景，這或許是唐代燈樓、[12]燈樹[13]及燈輪[14]的延續與發展，但這種規模宏偉的大型燈綵，儼然成了宋代元宵節的一大特色。

12　唐‧鄭處誨《明皇雜錄》校勘記載：「上（唐玄宗）在東都遇正月望夜，移仗上陽宮，大陳影燈，設庭燎，自禁中至于殿庭皆設，蠟炬連屬不絕；時有匠毛順巧思，結創繒彩，為燈樓三十間，高一百五十尺，懸珠玉金銀，微風一至，鏘然成韻，乃以燈為龍鳳虎豹騰躍之狀，似非人力。」

13　五代‧王仁裕《開元天寶遺事》卷下〈天寶下〉「百枝燈樹」項載：「韓國夫人置百枝燈樹，高八十尺，豎之高山，上元夜點之，百里皆見，光明奪月色也。」

14　唐‧張鷟《朝野僉載》卷二載：「睿宗先天二年正月十五、十六夜，於京師安福門外作燈輪，高二十丈，衣以錦綺，飾以金玉，燃五萬盞燈，簇之如花樹。」

參、御樓同樂

宋代慶賞元宵，所以有燈火不絕、競誇華麗的場面，君王的提倡和參與實在是功不可沒。宋太祖將上元張燈從三夜延長為五夜，宋徽宗從十二月開始預賞元宵；有的君王甚至會親臨御樓觀燈，更掀起了一系列的歌舞百戲，以及張樂陳燈等慶祝活動。如詞中所云：

> 「真簡樂、聖駕游幸。四部簫韶，群仙奏樂，萬光耀境。」（曹勛〈東風第一枝〉，《全宋詞》，頁一二一四。）

> 「傳宣車馬上天街。君王喜與民同樂，八面三呼震地來。」（無名氏〈鷓鴣天〉，《全宋詞》，頁三六六八。）

據《唐書》卷一百二十九〈嚴挺之傳〉載：

> 先天二年正月望夜，胡人婆陀請然百千燈，因弛門禁，又追賜元年酺，帝御延喜、安福門縱觀，晝夜不息，閱月未止。

宋‧高承於《事物紀原》卷八「觀燈」項下認為：「此天子御樓觀燈之始也。」然在宋徽宗崇寧、宣和年間，大內自歲前冬至後，開封府結縛山棚，立木正對宣德樓，宣德樓上，皆垂黃緣，簾中一位，乃御座。用黃羅設一綵棚，御龍直執黃蓋掌扇，列於簾外。兩朵樓各掛燈毬一枚，約方圓丈餘，內燃椽燭，簾內亦作樂。駕將至，則圍子數重，外有一人捧月樣兀子錦，覆於馬上。天武官十餘人，簇擁扶策，喝曰：「看駕頭」！駕近，則列橫門十餘人擊鞭，駕後有曲柄小紅繡傘，亦殿侍執

之於馬上。駕入燈山，御輦院人員輦前喝「隨竿媚來」，御輦
團轉一遭，倒行觀燈山，謂之「鵓鴿旋」，又謂之「踏五花兒」，
則輦官有喝賜矣。駕登宣德樓，遊人則奔赴露臺下（以上參《東
京夢華錄》卷六「元宵」及「十四日車駕幸五嶽觀」項）。這
是君王駕出觀燈的情形。而另一方面，君王至御樓觀燈的目的
則是在「與民同樂」；如宋・范鎮《東齋記事》卷一載：

> （仁皇末年）正月十四日。上御樓遣使傳宣從官曰：「朕
> 非好遊觀，與民同樂耳。」

至徽宗則在牌上明書：「宣和與民同樂。」此在《大宋宣
和遺事》亨集裏敘述甚詳：

> 東京大內前，有五座門：曰東華門、曰西華門、曰景龍
> 門、曰神徽門、曰宣德門，自冬至日，下手架造鰲山高
> 燈；……中間著一箇牌，長三丈六尺，闊二丈四尺，金
> 書八個大字，寫道：「宣和綵山，與民同樂。」

此牌隨年號不同而揭之，[15]整個都城也因此沈浸在歌舞昇
平的歡樂氣氛中，如癡如醉。而君王至御樓觀燈，與民同樂之
舉，竟相沿成習，成為上元特定的禮俗。

15　宋・蔡絛《鐵圍山叢談》卷一載：「大觀元年，宋喬年尹開封，迺於
　　綵山中開高揭大牓，金字書曰：『大觀與民同樂萬壽綵山』，自是為
　　故事，隨年號而揭之，蓋自宋尹始。」

肆、燈飾品類

　　「燈」是元宵觀燈活動的主角，所以歷來人們無不費盡心思，製作各形各類的花燈，千奇百狀，把上元燈景裝點的美輪美奐。在元宵詞中，詞人們所提到的花燈，有以下幾種品類：

一、像花蕊之形

（一）蓮燈

　　「冠絕辰州市。蓮燈初發萬枝紅。」（王庭珪〈虞美人〉，《全宋詞》，頁八二一。）

　　「元夜景尤殊。萬斛金蓮照九衢。」（趙師俠〈南鄉子〉，《全宋詞》，頁二〇九五。）[16]

（二）芙蕖燈

　　「漸向晚，放芙蕖千頃，交輝華燭。」（史浩〈喜遷鶯〉，《全宋詞》，頁一二六六。）

　　「漸掩映、芙蓉萬頃，迤邐齊開秋水。」（范周〈寶鼎現〉，《全宋詞》，頁七三四。）[17]

---

[16] 據唐圭璋《全宋詞》註此詞云：「此首又誤入趙彥端《介庵琴趣外篇》卷四。」

[17] 同註1。

（三）蘭燈

「金絲玉管咽春空，蠟炬蘭燈燒曉色。」（柳永〈玉樓春〉，《全宋詞》，頁二〇。）

二、像獸禽之形

（一）彩鸞燈

「一見彩鸞燈，頓使狂心煩熱。」（張舜美〈如夢令〉，《全宋詞》，頁三八八九。）

「高掛彩鸞燈，正是兒家庭戶。」（劉素香〈如夢令〉，《全宋詞》，頁三八八九。）

（二）龍燈

「景龍燈火昇平世。動長安歌吹。」（韓淲〈探春令〉，《全宋詞》，頁二二四八。）

「萬民翹望綵都門，龍燈鳳燭相照。」（無名氏〈賀聖朝〉，《全宋詞》，頁三六七七。）

（三）鳳燈

「鳳燈鸞炬，寒輕簾箔，光泛樓臺。」（趙仲御〈瑤臺第一層〉，《全宋詞》，頁五四四。）[18]

---

[18] 據唐圭璋《全宋詞》註此詞云：「案此首別又誤作趙與御詞，見《詞

三、其他

（一）毬燈

「看往來、巷陌連甍，簇起星毬無數。」（趙長卿〈寶鼎現〉，《全宋詞》，頁一七八一。）

「恰則元宵，燦萬燈、星毬如晝。」（歐陽光祖〈滿江紅〉，《全宋詞》，頁二○六一。）[19]

（二）紗燈（以紗糊製的燈籠）

「銅荷擎燭絳紗籠。歸去笙歌喧院落，月照簾櫳。」（謝逸〈浪淘沙〉，《全宋詞》，頁六四八。）

「綵結鰲山，紗籠銀燭，與□花爭豔。」（盧炳〈醉蓬萊〉，《全宋詞》，頁二一六三。）

（三）琉璃燈

「一片笙簫，琉璃光射。而今燈漫挂。」（蔣捷〈女冠子〉，《全宋詞》，頁三四三四。）

「萬眼琉璃，目眩去閒買，一翦梅燒。」（劉將孫〈六州歌頭〉，《全宋詞》，頁三五二八。）

譜》卷二十五。」
[19] 據唐圭璋《全宋詞》註此詞云：「案此首原題歐慶嗣作。」

（四）寶燈（雕飾華美的燈）

「買市宣和預賞時。流蘇垂蓋寶燈圍。」（王千秋〈浣溪沙〉，《全宋詞》，頁一四七四。）

「鼇山寶燈照夜，羅綺千門。」（趙以夫〈漢宮春〉，《全宋詞》，頁二六六八。）[20]

以上僅是兩宋元宵詞中所反映出來的花燈種類，如按文獻所載，尚有前所未見的「蘇燈」、「無骨燈」、「魷燈」、「羊皮燈」等；甚至還有使用機關活動者。如周密《武林舊事》卷二「元夕」項所載：

燈之品類極多，每以「蘇燈」為最，圈片大者徑三四尺，皆五色琉璃所成，山水人物，花竹翎毛，種種奇妙，儼然著色便面也。其後福州所進，則純用白玉，晃耀奪目，如清冰玉壺，爽徹心目。近歲新安所進益奇，雖圈骨悉皆琉璃所為，號「無骨燈」。[21]禁中嘗令作琉璃燈山，其高五丈，人物皆用機關活動，[22]結大綵樓貯之。又於殿堂梁棟窗戶閒為涌壁，作諸色故事，龍鳳噀水，蜿蜒

---

[20] 據唐圭璋《全宋詞》註此詞云：「案《江湖後集》卷十七誤作吳仲方詞。」

[21] 宋・周密《武林舊事》卷二「燈品」條載：「所謂『無骨燈』者，其法用絹囊貯粟為胎，因之燒綴，及成去粟，則混然玻璃毬也。」

[22] 宋・吳自牧《夢粱錄》卷一「元宵」條載：「昨汴京大內前縛山棚，對宣德樓，悉以綵結，山沓上皆畫群仙故事，左右以五色綵結文殊、普賢，跨獅子白象，各手指內，五道出水。其水用轆轤絞上燈棚高尖處，以木櫃盛貯，逐時放下，如瀑布狀。」在宋・孟元老《東京夢華錄》卷六「元宵」項下亦有相同之記載。

如生，遂為諸燈之冠。前後設玉柵簾，寶光花影，不可正視。

另外在《武林舊事》卷二「燈品」項下，又進一步的加以補充：

> 外此有魫燈，則刻鏤金珀玳瑁以飾之。珠子燈則以五色珠為網，下垂流蘇，或為龍船、鳳輦、樓臺故事。羊皮燈則鏃鏤精巧，五色妝染，如影戲之法。羅帛燈之類尤多，或為百花，或為細眼，間以紅白，號「萬眼羅」者，此種最奇。外此有五色蠟紙，菩提葉，若沙戲影燈馬騎人物，旋轉如飛。又有深閨巧娃，翦紙而成，尤為精妙。又有以絹燈翦寫詩詞，時寓譏笑，及畫人物，藏頭隱語，及舊京諢語，戲弄行人。有貴邸嘗出新意，以細竹絲為之，加以彩飾，疏明可愛。

而其他地方多因地制宜，對於花燈的形態，顯然另有各種不同類型的巧妙設計，如：黃河九曲燈[23]（附圖（十））、走馬燈、[24]雪花燈、[25]占歲燈[26]等，華麗壯觀。故燈飾品類，樣式

---

[23] 明・劉侗、于奕正《帝京景物略》卷二〈春場〉載：「鄉村人縛秫稭作棚，周懸雜燈，地廣二畝，門迤曲點，藏三四里，入者誤不得逕，即久迷不出，曰黃河九曲燈也。」

[24] 清・陳夢雷《古今圖書集成》「曆象彙編歲功典」第二十六卷「上元部」引《直隸志書・定州》載：「上元日，以竹絲製人物故事，花果禽魚，及以楮剪人馬，火以運之，名走馬燈。」

[25] 清・陳夢雷《古今圖書集成》「曆象彙編歲功典」第二十六卷「上元部」引《山東志書・曹縣》載：「上元張燈，火樹銀花，三日不絕，俗尚雪花燈，淨白連四紙剪成，一歲之力止成一燈，外標雪花，內行連環，細錯有三層、四層，極其工緻，當年惟楊氏燈至七層焉。每逢

繁多，千態萬殊，令人眼花撩亂；而其匠心獨運的製作技巧，使花燈成為元宵節別樹一幟的藝術特色。

26　梁中權修、于清泮纂「山東省」《齊東縣志》卷二〈地理志・社會〉
載：「元宵亦曰上元節，張燈為樂，十四日至十六日，初昏時有風則
歉，無風則豐，謂之占歲燈。」

第三節　元宵習俗

　　元宵燈節除了卜祀、觀燈等活動，還有其他各種不同的風俗習慣和游藝雜戲；花樣百出，熱鬧非凡，成為元宵特有的節慶傳統；而整個元宵的節令氣氛，也因此增添光彩，歡樂洋溢。以下擬就兩宋元宵詞中所反映的現象，分為「傳統習俗」及「娛樂活動」兩方面，來探討宋代元宵節之習俗。

壹、傳統習俗

　　一種習俗能成為傳統，必定在社會上歷時久遠，而成為一定形態，並為人們所共同沿襲。尤其是各種節慶，不僅可以從傳統習俗中了解到當時的時代背景，更能明白當時的社會狀況，所以風尚習俗的影響力是不容等閒視之的。而在兩宋元宵詞中，我們可以發現以下幾種關於宋代元宵節的傳統習俗：

一、金吾放夜

　　　「共嬉不禁夜，光彩遍飛浮。」（毛开〈水調歌頭〉，《全宋詞》，頁一三六〇。）

「簫聲斷、約彩鸞歸去，未怕金吾呵醉。」（劉辰翁〈寶鼎現〉，《全宋詞》，頁三二一四。）

這是詞人們描寫金吾放夜的情形，因舊時都城均有宵禁，每至夜晚，街道斷絕通行，並由執金吾負責掌管京城之戒備、巡徼、傳呼，以禁人夜行。然自唐代起，正月十五夜前後各一日暫時弛禁，准許百姓夜行，稱為「放夜」。據宋·高承《事物紀原》卷八「放夜」條所載：

> 唐睿宗先天二年正月望，初弛門禁。玄宗天寶六年正月十八日，詔重門夜開，以達陽氣。朱梁開平中，詔開坊門三夜，……太平興國六年，敕然燈放夜為著令。

又宋·陳元靚《歲時廣記》卷十〈上元上〉「弛禁夜」項引唐《西京新記》載：

> 京師街衢，有金吾曉暝傳呼，以禁夜行，唯正月十五日夜，敕許金吾弛禁，前後各一日以看燈。

故在此難得的時機，又欣逢佳節，人們莫不喧闐達旦，盡情縱樂，形成了元宵節特有的習尚。

二、婦女頭飾

在元宵詞作中，常見「鬧蛾」、「雪柳」、「玉梅」等詞彙，如：

「鬧蛾斜插，輕衫乍試，閒趁尖耍。」（楊旡咎〈人月圓〉，《全宋詞》，頁一一九九。）

「蛾兒雪柳黃金縷。笑語盈盈暗香去。」（辛棄疾〈青玉案〉，《全宋詞》，頁一八八四。）[1]

「雪柳撚金，玉梅鋪粉，妝點春光無價。」（趙必璉〈齊天樂〉，《全宋詞》，頁三三八二。）

「東來西往誰家女。買玉梅爭戴，緩步香風度。」李邴〈女冠子〉，《全宋詞》，頁九五〇。）

　　是知，鬧蛾、雪柳、玉梅，是舊時年節婦女頭上所戴的飾物。像鬧蛾兒是以烏金紙剪為蛺蝶、螞蚱之形，朱粉點染，以小銅絲纏綴針上，旁施柏葉，大如掌，小如錢，冶游者插之巾帽，貴人有插滿頭者（以上參明・王夫之《薑齋文集》卷九〈雜物贊〉「活的兒」項，及明・沈榜《宛署雜記》卷十七〈上字・民風一〉）。而據宋・周密《武林舊事》卷二「元夕」條所載：

> 元夕節物，婦女皆戴珠翠、鬧蛾、玉梅、雪柳、菩提葉、燈毬、銷金合、蟬貂袖、項帕，而衣多尚白，蓋月下所宜也。游手浮浪輩，則以白紙為大蟬，謂之「夜蛾」。

　　又《歲時廣記》卷十一〈上元中〉「戴燈毬」項引《歲時

---

[1]　據唐圭璋《宋詞互見考》載：「案此首辛棄疾詞，見《稼軒詞》，《歷代詩餘》卷四十四誤作姚進道詞。」（收錄於唐圭璋著：《詞學論叢》，上海：上海古籍出版社，1986 年 6 月，頁 294。）

雜記》亦有類似之記載：

> 都城仕女有神（插）戴燈毬、燈籠，大如棗栗，加珠茸
> 之類，又賣玉梅、雪梅、菩提葉及蜂兒等，皆繪楮為之。

所以每到上元，婦女皆有配戴頭飾，髮上插花的習俗，其花團錦簇，直與星火爭輝，把元宵景致裝點得更繁華豔麗。

三、掃街拾遺

熱鬧的燈市，燦爛的燈景，已使萬人空巷，再加上元宵放夜，更讓洶湧的人潮，有如排山倒海之勢；甚至有「足不蹴地，被浮行數十步者」（《歲時廣記》卷十〈上元上〉「三夜燈」項引《古今詩話》），可見燈節擁擠的盛況。而公子王孫，五陵年少，以紗籠喝道，帶著佳人美女，遍地遊賞；甚而飲酒醺醺，倩人扶持，墮翠遺簪，難以枚舉（參宋·吳自牧《夢粱錄》卷一「元宵」條）。故詞中乃云：

> 「一片笙簫何處，花陰定有遺簪。」（毛滂〈清平樂〉，《全宋詞》，頁六六三。）

> 「有多少、佳麗事，墮珥遺簪，芳徑裏，瑟瑟珠璣翠羽。」（岳崇〈洞仙歌〉，《全宋詞》，頁一七四〇。）

因而在一陣狂歡喧鬧過後，夜闌人靜之時，就有人持小燈照路拾遺，謂之「掃街」。《武林舊事》卷二「元夕」項載：「遺鈿墮珥，往往得之」，真是一個有趣的習俗。

四、傳柑侍宴

正當民間熱烈歡慶元宵之時，君王亦趁此良辰佳節宴饗群臣，在《宋史》卷一百一十三〈禮志‧嘉禮〉中載：

> 太祖建隆二年上元節，御明德門樓觀燈，召宰相、樞密、宣徽、三司使、端明、翰林、樞密直學士、兩省五品以上官、見任前任節度觀察使飲宴，江南、吳越朝貢使預焉。四夷蕃客列坐樓下，賜酒食勞之，夜分而罷。

又載：

> （政和）五年十二月二十九日，詔景龍門預為元夕之具……特賜公、師、宰執以下宴。

而在元宵詞中，敘此事者頗多，如范致虛〈滿庭芳慢〉：

> 「天子千秋萬歲，徵招宴、宰府師臣。」（《全宋詞》，頁六九四。）

這是范致虛在徽宗宣和年間，上元賜觀燈御筵時所進之詞；徽宗並御製同韻〈滿庭芳〉詞（《全宋詞》，頁八九八）賜之，其序云：

> 上元賜公師宰執觀燈御筵，遵故事也。卿初獲御座，以〈滿庭芳〉詞來上，因俯同其韻以賜。

另外連仲宣亦於徽宗御宣德樓錫宴近臣時，進〈念奴嬌〉詞，其詞云：

「□□端門初錫宴，鬱鬱蔥蔥佳氣。……清蹕聲乾，傳
柑宴罷，閃閃星毬墜。」（《全宋詞》，頁九八七。）

仲宣並因此詞稱旨特免文解。[2]至於詞中提到的「傳柑」，
據蘇軾〈上元侍飲樓上三首呈同列〉詩之三：「歸來一盞殘燈
在，猶有傳柑遺細君」，自註云：

侍飲樓上，則貴戚爭以黃柑遺近臣，謂之傳柑，聽攜以
歸，蓋故事也。（《蘇軾詩集》，卷三十六。）[3]

後多以此借指宮中宴飲或入朝為官。如：

「蓮燈開遍，侍從盡登樓，簪花赴。傳柑處。咫尺聆天
語。」（洪皓〈驀山溪〉，《全宋詞》，頁一○○○。）

「傳柑記陪佳宴，待說來、須更換金貂。」（劉應雄〈木
蘭花慢〉，《全宋詞》，頁三五五二。）

「誰識鼇頭，去年曾侍傳柑宴。至今衣袖帶天香，行處
氳氳滿。」（吳億〈燭影搖紅〉，《全宋詞》，頁一一
七六。）

---

2 宋・陳元靚《歲時廣記》卷十一〈上元中〉「免文解」項引《本事詞》
載：「連仲宣者，信之貴溪人也，少不事科舉，留意觴詠，宣和間，
客京師適遇元宵，徽宗御宣德樓，錫宴近臣，與民同樂，仲宣進〈念
奴嬌〉詞，稱旨特免文解。」
「文解」，是指入京應試的證明文書之類。科舉鄉試中式稱舉人，考
中舉人即由地方官給予文解發解入京，參加中央考試。

3 蘇軾〈戲答王都尉傳柑〉詩：「侍史傳柑玉座傍」，清・王文誥註云：
「故事，上元燈夕，上御端門，以溫州進柑，分賜從臣，謂之傳柑。」
（清・王文誥、馮應榴輯注：《蘇軾詩集》，臺北：學海出版社，1985
年9月，下冊，卷36，頁1956。）

　　於此觀之，可知君王藉宴飲與眾臣同樂，而群臣亦以參加侍宴為榮，所以「傳柑侍宴」，乃成為宮中上元之際獨特的習俗。

貳、娛樂活動

　　在元宵節的習俗中，除了以上的傳統習俗外，還有許多游藝的節目，百技雜陳，聲勢鼎沸，使人們的情緒達到歡樂的高峰。就宋代元宵詞所見，大致有以下幾種不同的娛樂活動：

一、鬧元宵

　　清‧顧祿《清嘉錄》卷一〈正月〉「鬧元宵」項載：「元宵前後，比戶以鑼鼓鐃鈸，敲擊成文，謂之鬧元宵。」而在此鑼鼓喧天的熱鬧氣氛下，有許多助興的娛樂活動：

> 「七子八仙三教，耍隊相挨。管籥笙簧相間鬥，遠如聲韻碧霄來。」（吳潛〈畫錦堂〉，《全宋詞》，頁二七四六。）

> 「暗塵浮動，正魚龍曼衍，戲車交作。」（無名氏〈漢宮春〉，《全宋詞》，頁三六五六。）

> 「萬民翹望綵都門，龍燈鳳燭相照。只聽得教坊雜劇歡笑。」（無名氏〈賀聖朝〉，《全宋詞》，頁三六七七。）

> 「乘肩爭看小腰身，倦態強隨閒鼓笛。」（吳文英〈玉樓春〉，《全宋詞》，頁二八九四。）

　　每逢上元觀燈，御樓前設有露臺，臺上奏教坊樂、舞小兒隊。臺之南設燈山，燈山前陳百戲，山棚上用散樂、女弟子舞，百藝群工，競呈奇技；樂聲嘈雜十餘里，擊丸蹴踘（附圖（十一）），踏索上竿（附圖（十二）、（十三））；趙野人倒喫冷淘，張九哥吞鐵劍（附圖（十四）），小健兒吐五色水、旋燒泥丸子等。更有猴呈百戲，魚跳刀門，使喚蜂蝶，追呼螻蟻。其餘賣藥、賣卦，沙書地謎；奇巧百端，日新耳目。內人及小黃門百餘，皆巾裹翠蛾，傚街坊清樂傀儡，繚繞於燈月之下。諸色舞者，多是女童。府第中有家樂兒童，亦各動笙簧琴瑟，清音嘹喨，最可入聽，攔街嬉耍，竟夕不眠（以上參《宋史》卷一百四十二〈樂志・教坊〉、宋・孟元老《東京夢華錄》卷六「元宵」項、宋・周密《武林舊事》卷二「元夕」項、宋・西湖老人《西湖老人繁勝錄》及宋・吳自牧《夢粱錄》卷一「元宵」項）。而在一片村歌社舞的喧騰中，最為人所注目的是曼衍魚龍之戲。[4]據《漢書》卷九十六下〈西域傳贊〉載：

　　　　設酒池肉林以饗四夷之客，作《巴俞》都盧、海中《碭極》、漫衍、魚龍、角抵之戲以觀視之。

　　顏師古註曰：

---

[4]　楊蔭深《中國游藝研究》（第二章）認為魚龍、曼衍為二戲，其言曰：「〈西京賦〉原文云：『巨獸百尋，是為蔓延。神山崔巍，欻從背見。（薛綜注）作大獸長八十丈，所謂蛇龍蔓延也。欻言忽也，偽所作也。獸從東來，當觀樓前，背上忽然出神山崔巍也。』是蔓延實與魚龍相似的雜戲，一從東方來，一從西方來，一至樓前忽然出現神山，一至殿前化為黃龍。而蔓延亦為一種獸名，以其長至八十丈，無以名之，故名之為蔓延罷！」（臺北：世界書局，1989 年 11 月），頁 20。

漫衍者，即張衡〈西京賦〉所云「巨獸百尋，是為漫延」者也。魚龍者，為舍利之獸，先戲於庭極，畢乃入殿前激水，化作比目魚，跳躍漱水，作霧障日，畢，化作黃龍八丈，出水敖戲於庭，炫燿日光。〈西京賦〉云「海麟變而成龍」，即為此色也。

今日上元，各地舞龍、舞獅的盛會，或許即是從此種巨獸魚龍變幻之術演變而來的，構成了鬧元宵的壓軸好戲。

二、放煙火

「紫禁煙花一萬重。鰲山宮闕倚晴空。」（向子諲〈鷓鴣天〉，《全宋詞》，頁九五七。）

「禁城煙火，移下一天星斗。」（無名氏〈感皇恩〉，《全宋詞》，頁三六五一。）

由以上兩闋詞可以得知，宋代已興起了花炮、煙火，據《武林舊事》卷二「元夕」條載：

宮漏既深，始宣放煙火百餘架，於是樂聲四起，燭影縱橫，而駕始還矣。

而當時煙火的花樣品類，可確知有以下幾種：

「龜兒吐火。鶴兒銜火。……梨花數朵。杏花數朵。又開放、牡丹數朵。」（詹無咎〈鵲橋仙〉，《全宋詞》，頁三四一五。）

發展到後來，製作煙火、花炮的技術逐漸發達，光怪百出，眩人眼目。據明・沈榜《宛署雜記》卷十七〈上字・民風一〉「放煙火」項下載：

> 用生鐵粉雜硝、磺、灰等為玩具，其名不一，有聲者，曰響砲；高起者，曰起火。起火中帶砲連聲者，曰三級浪。不響不起，旋遶地上者，曰地老鼠。築打有虛實，分兩有多寡，因而有花草人物等形者，曰花兒。名幾百種，其別以泥函者，曰砂鍋兒。以紙函者，曰花筒。以筐函者，曰花盆。總之曰煙火云。勳戚家有集百巧為一架，分四門次第傳爇，通宵不盡，一賞而數百金者。

所以上元之夜，因燃放煙火的活動，把整個夜色襯映得火光滿天，光彩爭華，而五光十色的煙花，美不勝收，展現出一幅動人的情景（附圖（十五））。

三、擲金錢

> 「撒金錢，亂拋墜。萬姓推搶沒理會。告官裏。這失儀、且與免罪。」（袁綯〈撒金錢〉，《全宋詞》，頁九八六。）

> 「暗解繡囊，爭擲金錢遊人醉。」（吳文英〈絳都春〉，《全宋詞》，頁二九一一。）

詞中所謂的「擲金錢」，本是宮中一種戲樂的活動。五代・王仁裕《開元天寶遺事》卷上〈天寶上〉「戲擲金錢」項載：

內庭嬪妃，每至春時，各於禁中結伴三人至五人，擲金
錢為戲，蓋孤悶無所遣也。

而後值上元之際，聖旨令撒下金錢，讓萬民爭搶，遂沿成
民間習尚。《大宋宣和遺事》亨集即記載：

楊戩、王仁、何霍、六黃大尉。這四個得了聖旨，交撒
下金錢銀錢，與萬姓搶金錢。……是夜撒金錢後，萬姓
各各遍遊市井。

此外，還有「撒荔」一項，則是與「擲金錢」相類似的活
動，茲轉錄明・彭大翼《山堂肆考》卷八〈時令・元宵〉「撒
荔」條引《影燈記》之說供參考：

正月十五夜，唐玄宗於長春殿，張臨光宴，……又撒閩江
紅荔枝千萬顆，令宮人爭拾，多者賞以紅圈帔，綠暈衫。

以上所敘述的元宵習俗，是根據兩宋元宵詞中所反映之
現象，加以整理歸納的。但是根據文獻記載，還有求嗣、[5]偷
俗、[6]走百病[7]等傳統習俗，以及猜燈謎[8]之娛樂活動，也是元宵

---

[5]　清・蕭智漢《新增月日紀古》卷一下〈十五日〉引《南越志》載：「廣
　　州燈夕，士女多向東行祈子，以百寶燈供神，夜則祈燈取采頭，凡三
　　籌皆勝者為神許，許則持燈而返，踰歲酬燈，生子者，盛為酒饌慶社
　　廟，謂燈頭。」各個地方，因風俗習慣不同，其求嗣之法亦不相同，
　　今僅以此為例，餘者不一一列舉。
[6]　黃典權、游醒民等纂修「臺灣省」《臺南市志》卷二〈人民志・禮俗
　　篇〉載：「（十五日）是夕，未字之女，以偷得他人之蔥為吉兆。諺
　　云：『偷得蔥，嫁好公，偷得菜，嫁好婿』。未配之男，以竊得人家
　　墻頭老古石為吉兆。諺云：『偷老古，得好婦』。又婦人竊得人喂豬
　　盆，被人罵，為生男之兆。」此外還有偷人燈盞、花枝、竹葉者，不

節重要的習尚；這些習尚都是歷經世代相傳所保留下來的，
殊堪珍惜。唯不見於兩宋詞中，故不贅述。

一而足，所偷之物不同，則代表著不同的象徵意義，即使被人發現，
也多笑而遣之，不加罪，故上元夜謂之「放偷」。

7　明・沈榜《宛署雜記》卷十七〈上字・民風一〉「走橋摸釘，袪百病」
項下載：「正月十六夜，婦人群遊祈免災咎，前令人持一香辟人，名
曰走百病。凡有橋之所，三五相率一過，取度厄之意。或云終歲令無
百病，暗中舉手摸城門釘一，摸中者，以為吉兆。」所以「走百病」
又稱為「度百厄」、「走三橋」或「走橋兒」。宋詞人張舜美〈如夢
令〉一詞所云：「令夕試華燈，約伴六橋行走。」（《全宋詞》，頁
三八八九。）其所描述的，也許就是這種走橋兒之習俗。

8　明・田汝成《西湖遊覽志餘》卷二十載：「臘後春前，壽安坊而下至
眾安橋，謂之燈市，出售各色華燈，……好事者或為藏頭詩句，任人
商搉，謂之猜燈。」
又清・顧祿《清嘉錄》卷一〈正月〉「打燈謎」項載：「好事者，巧
作隱語，拈諸燈，燈一面覆壁，三面貼題，任人商搉，謂之打燈謎。
謎頭，皆經傳詩文、諸子百家、傳奇小說，及諺語什物、羽鱗蟲介、
花草蔬藥，隨意出之；中者，以隃麋、陟釐、不律、端溪、巾扇香囊、
果品食物為贈，謂之謎贈。」猜燈謎活動，俗謂之「打虎」、「打燈
虎」或「打獨腳虎」。

第四節　元宵節食[1]

　　迎接一個節日的到來，往往是從準備該節的應景食品著手。而節期的食品，不但「應時應節」，並且還含有特殊的意義：或象徵某種事故與現象，或代表所崇祀、所紀念的對象，或食之有不同的作用等，種種動機，多不相同，因而成了節令習尚不可或缺的部分。像春節的年糕，端午節的粽子，中秋節的月餅等，都有著重要的含義。元宵節食，也有相同的情形；見載於兩宋元宵詞的，主要有「湯圓」、「芋郎君」和其他一些特別的節令食物，茲分別介紹如下：

壹、湯圓

宋代詞人史浩、王千秋兩人有「詠圓子」之作：

「六街燈市，爭圓鬥小，玉碗頻供。」（史浩〈人月圓〉，《全宋詞》，頁一二七二。）

「萬燈初上月當樓。……璨璨蠙珠著面浮。　　香入手，煖生甌。」（王千秋〈鷓鴣天〉，《全宋詞》，頁一四七三。）

---

[1]　「節食」，指應時應節的食品，亦有人稱之為「時食」。黃石《端午禮俗史》第二章載：「肴饌有『時菜』，果品有『時果』，祭祀有『時羞』，……是以每個節期，都有一種或多種應時的特備食品，有人稱為『節食』，著者則主張沿用通例稱為『時食』。」（臺北：鼎文書局，1979 年 5 月），頁 16。

　　由「六街燈市」、「萬燈初上」，很明顯的點出了元宵節吃湯圓的習俗。據張江裁《北平歲時記》卷一〈正月‧十五日〉引《北京指南》載：「十五日為元宵，薄暮，居民供元宵於佛前，闔家食之。」然「湯圓」之名，自古以來有許多不同的稱呼：因是簸米粉為丸，故曰「圓子」、「粉圓」、「米圓」；而其煮熟後浮於水上，所以還稱為「浮圓子」；又由於在上元燈節食之，故亦曰「燈圓」、「上元圓」、「元宵團」；一般則略稱為「元宵」。而在民間流傳了一則傳說，說明了「吃湯圓」及「元宵」的由來：

　　　　相傳漢武帝的宮中，有個宮娥，名叫元宵。她不但能歌善舞，還做的一手好湯圓。元鼎五年八月十五日，漢武帝設宴會群臣，東方朔想讓武帝更為歡樂，便去御花園折梅花獻給武帝。當他進入御花園時，見元宵淚流滿面，因不能對父母盡孝，準備投井自盡。他忙上前攔救，答應想辦法讓他們一家團聚。一天，東方朔到長安大街擺卦攤，人們所占所求，都是「正月十六火焚身」的卦條讖語而大為驚恐。於是乃聽從東方朔之言，在正月十三日，攔住一個身披紅衫的童子，向其哀求，以免災難。童子擲出一張紅帖，並命稟奏當今天子，即揚長而去。漢武帝接到紅帖，只見上面寫著：「長安將火劫，宮殿盡焚滅。玉帝聖旨定，十六焰火夜。」東方朔乃獻計道：「十五晚上，聖上可擺案焚香，讓元宵做湯圓供奉。這樣方可消劫解災。」另一方面，在正月十六夜晚，宮娥元宵受東方朔的囑咐，在自己做的花燈上，寫上「元宵」

二字；而其弟看見久別的姐姐，禁不住老遠就喊「元宵燈—姐！元宵燈—姐！」漢武帝聽到喊聲，脫口而出說：「好個元宵燈節啊！」從此正月十六就叫元宵節了，並傳出聖旨，正月十六皆做湯圓，供奉火帝真君。此外為使國泰民安，漢武帝於元封元年，出京巡視民間。正月十六這天，當漢武帝帶著文武大臣與宮娥元宵登嵩高縣城北山峰時，元宵家人從不遠處，高呼三聲「萬歲」。漢武帝使隨從把呼萬歲的人找來，說：「喊得好，賞你們一個元宵……。」宮娥元宵趕緊跪下，叩頭謝恩。漢武帝想說什麼，但話已出口，又難收回。因此元宵一家得以團聚。由於宮女元宵湯圓做得最好，所以後來人們就把湯圓叫做「元宵」。（節錄自陳慶浩、王秋桂主編之《中國民間故事全集》，第二十四冊：河南民間故事集〈元宵節與萬歲峰〉。）[2]

---

[2] 關於元宵節吃湯圓的說法，在民間還有另外一種傳說：「據說，元宵是從唐明皇時開始有的，每逢正月十五夜晚，他都下旨叫全國大辦花燈。有一年正月十五晚上，他帶著高力士到民間私訪，見一個老太太正用籤箕上元宵。他驚奇地問老太太：『你這是幹嘛？』老太太說：『我正在用糖作餡，向上裏麵作麵食。』唐明皇問：『好吃嗎？』老太太就把一碗煮好的麵食分給唐明皇和高力士吃，唐明皇一吃，又熱呼味道又好，就問老太太，為什麼要作這麵食。老太太說：『我兒子奉旨放燈，回來後又冷又餓，我作這麵食給他作宵夜，回來後，熱呼呼的吃上幾碗，好暖身子睡覺。』唐明皇回宮後，就傳旨叫全國每年正月十五晚上，都要上這種圓麵食吃。由於這種麵食是圓的，又是作宵夜之用，所以稱它為元宵。又因正月十五晚上都吃它，所以人們就把正月十五叫元宵節。因為元宵是用籤箕上的，所以也稱正月十五為上元之夜。元宵起初只有長江以北吃，到了宋代，泥馬渡康王之後才帶到南方。民國初年，袁世凱當上總統，賣元宵的突然增多起來，袁

　　這種「璨璨蠙珠著面浮」的湯圓，想必風味絕佳，在「香入手，煖生甌」之餘，更要求「玉碗頻供」，所以我們有必要一探湯圓的製作之法。據明・劉若愚《酌中志》卷二十載：

> 其製法用糯米細麵，內用核桃仁、白糖為果餡，灑水滾成如核桃大，即江南所稱湯團者。

　　其實湯圓的種類繁多，光是做法就有南北之別。北方人做湯圓叫做「搖湯圓」，其把糯米粉撒在篩籬上，再將沾過水的餡心倒入篩籬，前後左右搖晃，糯米粉就像滾雪球似的，一層層裹住了餡心，這種方法一次可以做數十個湯圓，相當快速。而南方人則是將摻過水的糯米糰，揉成一塊塊小皮，放上餡心，像做包子一樣，一個個滾圓的湯圓便在他們手上小心翼翼的完成了；這種做法叫做「包湯圓」（以上參李鶴立等撰〈歲時節慶的米食〉，《漢聲雜誌》第十三期）。雖然湯圓的做法和口味各有不同，但逢元宵節，家家戶戶都要吃湯圓，以象徵一家團圓的好兆頭，並祈求新的一年能夠諸事圓滿。

貳、芋郎君

> 「且繭占先探，芋郎戲巧，又卜紫姑燈下。」（李昴英〈瑞鶴仙〉，《全宋詞》，頁二八七二。）

世凱後來仔細一想，元宵，是袁就消，不就是叫我消嗎？於是下令把元宵改名為糖元，哪想到老百姓卻把糖元借諧音改為湯圓，好燙死袁世凱，後來袁世凱只當了一百天的皇帝就燙死在老百姓的燙鍋中。」（節錄自陳慶浩、王秋桂主編之《中國民間故事全集》，第三十冊：遼寧民間故事集（一）〈正月十五吃元宵〉。）

「繭帖爭先，芋郎卜巧，細說成都舊話。」（趙必瓛〈齊

天樂〉，《全宋詞》，頁三三八二。）

此兩闋詞中所提到的「芋郎」，是一種上元節的應節食物，

據唐・馮贄《雲仙雜記》卷四「上元燈影」項引《影燈記》載：

洛陽人家上元以燈影多者為上，其相勝之辭曰：「千影

萬影」，又各家造芋郎君，食之宜男女；仍云送雞肉酒，

用六（大）木餅貯之，於親知門前留地而去。

唐、宋上元乃沿襲此俗。而「芋郎君」，即是一種以芋頭

做成人形的食物。一般以為無論男女老少，只要吃了就會健康

長壽，所以古代在上元節，每一戶人家都有食芋郎君的風俗，

今則不復存矣。

參、其他

元宵節食除了「湯圓」、「芋郎君」之外，還有其他不同

品類的食物：

「元夜景尤殊。萬斛金蓮照九衢。鎚拍豉湯都賣得，爭

如。甘露盂中萬顆珠。」（趙師俠〈南鄉子〉，《全宋

詞》，頁二〇九五。）[3]

「火城春近，金蓮地匝，消夜果邊曾語。」（吳潛〈永

遇樂〉，《全宋詞》，頁二七五一。）

---

[3]　據唐圭璋《全宋詞》註此詞云：「此首又誤入趙彥端《介庵琴趣外篇》

卷四。」又於「鎚拍」下註云：「案『拍』原作『栢』，從汲古閣刊

本。」

　　其中「鎚拍」或即是「餦拍」；餦拍，是一種餅類食物。
而「豉湯」則或許是一種用豆豉所煮的湯，均是元宵節常吃的
食物。又據宋・周密《武林舊事》卷二「元夕」項載，則另有
多樣的吃食：

> 節食所尚，則乳糖圓子、鎚拍、科斗粉、豉湯、水晶膾、
> 韭餅，及南北珍果，并阜兒糕、宜利少、澄沙糰子、滴
> 酥鮑螺、酪麵、玉消膏、琥珀餳、輕餳、生熟灌藕、諸
> 色龍纏、蜜煎、蜜果、糖瓜蔞、煎七寶、薑豉、十般糖
> 之類，皆用鏤鍮裝花盤架車兒，簇插飛蛾紅燈綵盞，歌
> 叫喧闐。

　　此外，「消夜果」乃是夜間所食用的點心，吳潛自註云：
「元宵，宰執賜消夜果。」而在《武林舊事》卷三「歲除」項
下則提到：

> 禁中以臘月二十四日為小節夜，三十日為大節夜，⋯⋯
> 後苑脩內司各進消夜果兒，以大合簇飣凡百餘種，如蜜
> 煎珍果，下至花餳，箕豆⋯⋯。

　　再者，我們在第一節所提到的「麵璽」，也是節食的一種。
當然，元宵的節食還不止這些，此僅言其大概。而人們在歡度
元宵之餘，還能大飽口福，真可說是一舉兩得。

第三章　兩宋元宵詞之內容分析

　　兩宋時期，詞有描述時序節令之作，其中歌詠元宵節的詞作數量相當可觀，[1]在《全宋詞》裏即有三百餘闋是以吟詠元宵節令為主，而作者則有百餘人之多。然不同的作者有著不同的情懷，並與豐富且具特色的元宵習尚，交織成一篇篇精彩動人的作品。綜觀這些詞作，有的純粹是描寫元宵熱鬧慶祝的景況；有的是感物興懷，藉著元宵來抒發身世之感、家國之悲；有的是趁著良辰美景，彼此酬酢贈答；還有些詞人則是敘述發生於上元的情事，或詠物逞巧。這些不同性質的內容，表現出元宵詞的多樣性，也展現了特殊的風格意趣，所以我們對元宵詞的體認，應不只是在於它的表象意義，還要進一步探求元宵的節令情韻，以及作者寄寓在詞中的情懷。

　　以下即分為：記遊寫景、詠懷抒情、酬贈唱和、記事詠物等四節，對兩宋元宵詞之內容作一分析探討。

---

[1]　據王偉勇《南宋詞研究》第三章第十一節載：「北宋以前，詩序之作大抵皆泛詠。……至於節令，則以詠重陽最夥，約三十餘闋；次為上元，約二十餘闋；次為七夕、中秋，約十餘闋；其餘均不及十闋。……洎乎南宋，泛詠四時者，為數固夥。……至若節令，幾已普遍吟詠，其中以詠元宵最夥，約百三十餘闋；次為重九、中秋，各約百餘闋；次為七夕，約七十餘闋；次為端午、立春，各約三十餘闋；又次為除夕，約二十餘闋；其餘如上巳、清明、冬至，亦有十餘闋。」（臺北：文史哲出版社，1987 年 9 月），頁 215。

第一節　記遊寫景

　　元宵時節的風光景物和習尚活動，是構成元宵詞的一大特色。民間歡樂縱遊的場面，與宮中帝王世家慶祝上元佳節的情狀，在詞人的筆下發揮了靈動的生命，重現了當時的盛況，一事一物如在目前；同時，詞人並將元宵之時節景色加以細膩描繪，呈現了元宵另外一面的風情。因此以下將從遊樂活動、宮廷景況、元宵風物等三方面，分別敘述。

壹、遊樂活動

　　關於元宵節的習尚，本文於第二章，已經由典籍的記載，整理出元宵詞裏所反映的概貌；很顯然的，我們可以看出每個地方，各有它與眾不同的特點，其中都城與鄉鎮的差異尤為明顯。本節擬就詞篇所載的遊樂活動，歸納敘述，以見朝野歡樂之氣氛。茲分述如下：

一、金吾不禁六街遊──都城盛況

　　宋朝自宋太祖統一了晚唐、五代的混亂局面後，經過真宗、仁宗的悉心治理，樹立了穩固的根基，直至靖康事變以前，北宋百餘年，均未受到干戈之禍，因此工商業發達，社會經濟安定繁榮，都城汴京（今河南省開封縣）富足繁華的景象，可以想見；但也導致了君民追求享樂的習性。在風氣的影響下，凡

遇節令慶典，人們莫不盡情縱樂，極盡奢侈享受之能事；與元
宵有關的詞篇中，就反映了都城豪侈的遊樂盛況：

> 「青春何處風光好，帝里偏愛元夕。萬重繒綵，構一屏
> 峰嶺，半空金碧。寶檠銀釭，耀絳幕、龍虎騰擲。沙堤
> 遠，雕輪繡轂，爭走五王宅。　　雍容熙熙晝，會樂府
> 神姬，海洞仙客。曳香搖翠，稱執手行歌，錦街天陌。
> 月淡寒輕，漸向曉、漏聲寂寂。當年少，狂心未已，不
> 醉怎歸得。」（歐陽修〈御帶花〉，《全宋詞》，頁一
> 四四。）

　　這闋詞一開始就點明，風光好處在帝里汴京，而其盛時則
在於元夕。我們看到宏偉華麗的鼇峰是以「萬重繒綵」搭建的；
所用的燈是「寶檠銀釭」，並將龍虎毬燈擲向空中，照耀夜幕；
訪謁權豪之家，奔走京城要道，坐的是「雕輪繡轂」，充分呈
現奢華的景象。下半闋言嬉遊之樂，有歌舞曼妙的美女相伴，
執手行歌於錦街天陌，整夜歡愉，狂心未已，不忍歸去，渾然
沈溺、放浪於酣歌醉舞中。

　　然而形成人們這種「偏愛元夕」的原因，除了社會風氣的
影響外，本文在前面第二章第二節中曾提到：君王的提倡和參
與功不可沒；趙仲御〈瑤臺第一層〉就描寫了上元扈蹕，帝王
出巡的情形：

> 「嶰管聲催。人報道、嫦娥步月來。鳳燈鸞炬，寒輕簾
> 箔，光泛樓臺。萬年春未老，更帝鄉日月蓬萊。從仙仗，
> 看星河銀界，錦繡天街。　　歡陪。千官萬騎，九霄人

在五雲堆。紫袍光裏，星毬宛轉，花影徘徊。未央宮漏永，散異香、龍闕崔嵬。翠輿回。奏仙歌韶吹，寶殿尊罍。」（《全宋詞》，頁五四四。）[2]

當君王駕出時，必有以清除道路上的閒雜人等和維護肅靜安全的車駕，為帝王前導，然後在悠揚的樂聲中，在千官萬騎的簇擁下，君王聖駕猶如嫦娥步月而來，壯觀隆重的場面令人稱歎（詳參本文第二章第二節，「御樓同樂」項），這一切都只為一睹那星毬宛轉、鳳燈鸞炬的星河銀界。待翠輿回轉，都人未散，「盈萬井、山呼鼇抃」，「願歲歲，天仗裏、常瞻鳳輦。」（柳永〈傾杯樂〉，《全宋詞》，頁一六。）歡欣鼓舞之情，可見一斑。

時至南宋，金兵入侵，使得國破家亡，摧毀了往日的繁華，但當時的朝廷苟求偏安，中原的貴族富豪亦隨之南下，因之重建了高度發達的經濟，與繁榮富庶的社會。而行都所在的臨安（今浙江杭縣），尤為商業、人文薈萃之地。史浩〈寶鼎現〉一詞，描述了南都元宵宴游歡樂的場面，其繁盛的景況，較當年的汴京，有過之而無不及：

「霞霄丹闕，瑞靄佳氣，青蔥如綺。繞半月、東君雨露，無限韶華生寶砌。漸向晚、放燭龍掀舞，周匝紅蓮紺蕊。況對峙、鼇峰贔屭，不隔蓬萊弱水。　聖主有樂昇平意。引芝華、雙輦凝翠。紛萬俗、歌謠絃管，聲混鶯吟

2　此詞題為：「上元扈蹕」。宋・張邦基《墨莊漫錄》卷十載：「每使人歌此曲，則太平熙熙之象，恍然在夢寐間也。」唐圭璋《全宋詞》註此詞云：「案此首又誤作趙與御詞，見《詞譜》卷二十五。」

喧鳳吹。更漏永、正冰輪掩映，光接康衢萬里。似移下、一天星斗，妝點都城表裏。　　清警蹕、忽登樓，簇彩仗、錦襦絲履。看柑傳萬顆，恩浹王公近侍。散異卉覆千官醉。競捧瑤觴起。願歲歲、今宵宴賞，春滿山河百二。」（《全宋詞》，頁一二六九。）[3]

此詞第一疊是描述元宵張燈的盛大情景，由「燭龍掀舞」帶引出整個燈火燦爛的美景，以及精緻講究的燈綵。如周圍裝飾荷形燈，有著紅花紺（深青而微紅）蕊；高聳的鼇峰則是築成贔屭（神話中的龜名）之形，為上元燈景增加了無比的意趣。第二疊敘述在滿城燈月交光，簫鼓喧天的氣氛中，聖駕出巡，以樂昇平。第三疊則是描寫君王至御樓觀燈，與民同樂；並以傳柑御筵，宴饗群臣，而君臣在酒酣耳熱之餘，乃競捧瑤觴，共祝國運。此情此景，實不亞於昔日的汴京。

宋代都城上元的盛況，透過元宵詞篇的表達，歷歷如繪的呈現在我們眼前；而「奢侈享樂」可說是這類作品的共同內容，也是當時社會現象的反映，所以這一部分的元宵詞，儼然是宋代都會生活的縮影。

二、笙歌一片圍紅袖──城鎮記趣

鄉里市鎮對於一年一度的元宵佳節亦頗重視，因此每逢上元，除了張設各式新奇的花燈外，還有許多特別的鄉里習俗，

---

[3]　此詞題云：「昔姑蘇士人繫囹圄，元夕以詞求免。守一見，破械延之上坐。至今樂府多傳之。惜其止敘藩方宴游之盛，而不及皇都。真隱居士用韻以補其遺。」又唐圭璋《全宋詞》於「紛萬俗」下引朱校云：「疑誤」。

亦引人興趣。見之於詞作，如李昴英〈瑞鶴仙〉，即表現出與都城上元截然不同的風貌：

> 「玉城春不夜。映月璧寒流，燭蕖光射。鼇山海雲駕。擁遨頭簫鼓，錦旗紅亞。東風近也。趁樂歲、良辰多暇。想陽和、早遍南州，暖得柳嬌桃冶。　　堪畫。紗籠夾道，露重花珠，塵吹蘭麝。歌朋舞社。玉梅轉，鬧蛾耍。且繭占先探，芊郎戲巧，又卜紫姑燈下。聽歡聲、猶自未歸，鈿車寶馬。」（《全宋詞》，頁二八七二。）

此詞題為：「甲辰燈夕」，應是在宋理宗淳祐四年（西元1244年），作者於直祕閣福建提舉任內，遭臺臣劾去，歸番禺所作。[4] 上半闋起首就是一片光芒耀眼，全城在皓月、燭蕖、鼇山的交互爭輝下，猶如一座不夜城；地方長官亦趁此良辰，出

---

[4] 孫殿苞〈忠簡先公行狀〉載：「丁酉嘉熙改元，歲當秋闈，公被命衡文，取劉必成為解首，人咸稱為得人。戊戌召試館職，除校書郎兼榮王府教授，辭；五月改授祕書郎兼沂王府教授，遷著作朝散郎兼屯田郎官。時朝廷屢召菊坡崔公為右相不至，帝以公遊菊坡之門，俾奉御札還召菊坡，因除公直祕閣知贛州；而菊坡固辭不行，公還朝，亦辭贛州之命。尋遷知大宗丞攝權兵部，公以親老，乞外便養；蓋是時奉直公年已六十有四矣，帝從其請，遂除直祕閣，出為福建建寧憲倉提舉。己亥奉奉直公之任建寧，甫下車，貪吏望風解印；去歲大饑，公多方賑濟，捐俸以助之，活者甚眾。是年十二月，菊坡崔公卒訃聞，公請於朝，乞歸服心喪，不許。會臺臣彭方以風聞劾公，公遂奉奉直公歸番禺，還至江西臨江城南慧力寺，奉直公以病終焉。時嘉熙四年庚子十二月十九日也。淳祐辛丑，奉柩歸里，哀毀終喪；壬寅十二月奉葬於增城南鄉嶺大面山，親書以紀，因築室墓下，聚宗族子弟講學，若將終身，累召不起。甲辰廣帥方大琮行鄉飲禮，請公為儐，既而大琮復立四先生祠。四先生者，公與校書古成之、秘書溫若春、正言郭閬也。蓋謂公之行誼，可以媲美古人，故生與古人同祠焉。」（此文收錄於李昴英《文溪集》，卷首。）

遊賞景；士女們則在簫鼓、旌旗的前呼後擁中，傾城出觀。[5]下半闋進一步敘述嬉遊所遇的情景：道路兩旁是紗燈夾道，花朵飽含著露珠，嬌豔欲滴，空氣中飄散著蘭草和麝香的氣味，更有喧闐熱鬧的歌朋舞社。頭戴玉梅、鬧蛾的婦女，則忙著作麵蠒占禍福，食芋郎求康健，卜紫姑問心事，此一連五句，一氣呵成，並點出元宵時節重要的習尚。此外，像「絲餡細，粉肌勻。從它犀箸破花紋。」（王千秋〈鷓鴣天〉，《全宋詞》，頁一四七三）的蒸繭之俗，及「做匙婆、許蔥油，麵灰畫葫蘆，更漏轉，越煞不停不住。」（趙師俠〈洞仙歌〉，《全宋詞》，頁二○九五）的匙婆，也都是城鎮地區在上元節令中特有的活動。故面對此歡聲洋溢的景象，教人怎捨得離去（以上習尚詳參本文第二章第一節及第四節）。

　　在城鎮上元，良辰美景，好天晴夜，令人不忍輕捨，同時也易使人產生浪漫的情懷；加上清新的景物及淳樸風氣的涵泳孕育，使元宵詞的內容展現了萬種風情，如趙以夫〈木蘭花慢〉詞：

　　「玉梅吹霽雪，覺和氣、滿南州。更連夕晴光，一番小雨，朝靄全收。人情不知底事，但黃童白叟總追遊。駕海千尋綵岫，漲空萬點星毬。　　風流。秀色明眸。金蓮步、度輕柔。任往來燕席，香風引舞，清管隨謳。何

5　范周〈寶鼎現〉詞，亦有類似之描述：「太守無限行歌意。擁麾幢、光動珠翠。傾萬井、歌臺舞榭，瞻望朱輪駢鼓吹。控寶馬、耀貔貅千騎。」（《全宋詞》，頁七三四。）唐圭璋《全宋詞》註此詞云：「此首原見《樂府雅詞‧拾遺》卷下，題康伯可（康與之）作。唐圭璋《宋詞互見考》據《中吳紀聞》卷五，定為范周作，今從之。」

曾見癡太守，已登車、去也又遲留。人似多情皓月，十
分照我當樓。」（《全宋詞》，頁二六七一。）[6]

此詞題為：「漳州元夕」，所以這闋詞是描寫福建漳州上
元夜的情景。當雪停霧散後，天氣一片晴和，滿空飄掛著無數
的星毬，及五彩繽紛的鼇峰，引發幼童、老翁的興致，盡情遊
賞。另有花容月貌的佳人，踏著輕柔優美的步履，在宴席間隨
風起舞，不僅舞姿曼妙，且歌聲清越。然而又何曾見過如此癡
傻的太守，已登車離去，卻又依依不捨；因此笙歌、紅袖、癡
太守，構成了元宵浪漫的節令情韻。

由上舉證可知，城鎮上元的樂趣是在於對傳統習俗的保
存，以及隨性所至的遊樂。雖不見天仗鳳輦的華麗盛大，但有
太守擁麾幢、耀貔貅的千騎車隊，也可見紗籠夾道、鈿車寶馬
的熱鬧場面；雖沒有宮廷豪門奢侈的享樂生活，但有自得其樂
的逍遙；所以「清麗樸質」的風格，可說是這類詞作的重要
特色。

貳、宮廷景況

從諸多文獻典籍的記載中，我們很清楚的看到宋朝歷代君
王對元宵節的重視，他們除了至御樓觀燈與民同樂，擺設御筵
宴饗群臣外，宮廷中上元的景況，亦另有一番情致。首先就先
從宋徽宗趙佶〈金蓮遶鳳樓〉詞中所述親至御樓觀燈的情景來

6　據唐圭璋《全宋詞》註此詞云：「案《江湖後集》卷十七誤作吳仲方
　　詞。」

看（參本文第二章第二節「御樓同樂」項）：

> 「絳燭朱籠相隨映。馳繡轂、塵清香襯。萬金光射龍軒瑩。繞端門、瑞雷輕振。　　元宵為開聖景。嚴敷坐、觀燈錫慶。帝家華英乘春興。搴珠簾、望堯瞻舜。」（《全宋詞》，頁八九八。）[7]

此詞上片是描述聖駕出巡，繞遊宮門的景況；而鑾駕旁有大紅的蠟燭、燈籠相隨映，放射出萬條金光，奪目耀眼。下片則是述說帝王之家乘著春興，欣賞此番燈火絢爛的元宵勝景，並揭開珠簾，讓百姓能夠瞻望聖顏。

其次，在元宵時節，宮廷中宴饗眾臣的盛況，亦頗為可觀（參本文第二章第三節「傳柑侍宴」項）。如無名氏〈金盞子慢〉：

> 「麗日舒長，正薆薆瑞氣，遍滿神京。九重天上，五雲開處，丹樓碧閣崢嶸。盛宴初開，錦帳繡幕交橫。應上元佳節，君臣際會，共樂昇平。　　廣庭。羅綺紛盈。動一部、笙歌盡新聲。蓬萊宮殿神仙景，浩蕩春光，邐迤王城。煙收雨歇，天色夜更澄清。又千尋火樹，燈山參差，帶月鮮明。」（《全宋詞》，頁三八二三。）

此詞上半闋是敘述上元佳節，喜慶歡樂的氣氛洋溢京城。而後詞人以「九重」、「五雲」、「崢嶸」，來形容宮殿樓臺的高峻宏偉，這是作者入宮之所見；接著盛宴開始，君臣際會，呈現出一派隆重華麗的景象。下半闋，則是描寫宴席中歌舞助

---

[7]　唐圭璋《全宋詞》於「帝家華英」下註云：「疑誤」。

興的熱鬧場面，和一個千載難逢的盛況。等到雨停霧散後，更
尋訪火樹燈山，使浩蕩的春光，遍滿王城。

除此之外，宮中的景色風物，常是別具特色，尤其是在元
夕時候，更形成了特殊的情境。如曹勛〈武陵春〉詞：

> 「元夕晴和中禁好，梅影玉闌干。峭窄春衫試嫩寒。金
> 翠會群仙。　　移下一天星斗璨，喜色動宸顏。行樂風
> 光莫放閒。月在鳳凰山。」（《全宋詞》，頁一二二一。）

此詞題為：「禁中元夕」，並以一個「好」字，引領出整
個宮中上元的景色：如月兒高掛、星光燦爛、梅影交錯、春衫
乍試、翠鳥來集，呈現出一幅清朗舒徐的行樂風光，使君王也
不禁笑逐顏開。

然元宵佳節，月圓時分，也常是闔家團聚的日子，使這個
熱鬧狂歡的節日，憑添了幾許溫馨；即使是宮廷，亦不例外。
曾覿〈鷓鴣天〉詞，即敘述了宮中和樂的景象：

> 「龍馭親迎玉輦來。江梅枝上雪培堆。東風上苑春光
> 到，更放金蓮匝地開。　　騰鳳吹，進瑤盃。兩宮交勸
> 正歡諧。父慈子孝從今數，準擬開筵一萬迴。」（《全
> 宋詞》，頁一三一九。）

此詞題為：「選德殿賞燈，先宴梅堂，侍兩宮，沾醉口占。」
可見這是宮中元夕在選德殿賞燈，而作者先於梅堂陪侍太上皇
帝高宗，及當今聖上孝宗飲宴；大醉後，隨口吟誦而成的。詞
中只見孝宗皇帝親自恭迎高宗聖駕的到來，然後在梅枝堆雪，
蓮燈開遍的梅堂，交相勸飲，洋溢著父慈子孝歡樂和諧的氣氛；

並希望從今起，帝王之家、世世代代都能如此。這不僅是詞人的願望，也是全民的心聲，所謂：「家齊而後國治，國治而後天下平。」因此國祚若綿延不絕，準擬開筵，又何止千萬迴。

　　描寫宮廷上元景況的詞篇，為數不多，這或許是一般人無由親見的原故，然就流傳下來的詞作觀之，其內容多呈現「婉約和洽」的風格，也展現了帝王世家華貴雍容的氣質。

參、元宵風物

　　大自然的景象，隨著四時的更迭，物候的推移而千變萬化，有時又由於節令氣氛的烘托而多姿多彩。然元宵佳節，正當寒暖交替時候，其風光景物常令人耳目一新，在詞人的筆下更是姿態萬千。如蘇軾〈南鄉子〉：

> 「千騎試春遊。小雨如酥落便收。能使江東歸老客，遲留。白酒無聲滑瀉油。　　飛火亂星毬。淺黛橫波翠欲流。不似白雲鄉外冷，溫柔。此去淮南第一州。」（《全宋詞》，頁三二五。）

　　此詞題為：「宿州上元」。蘇軾是於神宗元豐二年（西元 1079 年），因烏臺詩案被謫黃州，直至元豐七年（西元 1084 年）春，才獲量移汝州。而後一路風塵勞苦，十一月間渡淮河，經山陽來到泗州（安徽盱眙），其時已是年終歲暮，蘇軾便和家人留在泗州度歲。據清·朱孝臧《彊邨叢書·東坡樂府》卷二註此詞云：「案《本集》〈泗岸喜〉題云：『謫居黃州五年，今日離泗州北行，岸上聞騾馱鐸聲空籠，意亦欣然，元豐八年

正月四日書。』據此，則上元至宿州，情事適合。」所以這闋
詞應是此時所作。上半闋起首，記眾人興高采烈的試春之遊，
而讓人最先感受到的是天氣的變化，但如酥的小雨，並沒有使
遊人四散奔逃，反而使作者這個欲辭官養老的歸客，逗留不去；
因為這小雨「落便收」，似有還無，因此增添了無限的情趣。
下半闋寫由於「遲留」，所以詞人能夠欣賞到宿州（安徽宿縣）
華燈爭放的美景，這個美就從一個「亂」字體現出來。另一方
面，山色清明，橫波而走，青翠欲滴，這一切猶如人間仙境；
不似白雲仙鄉的冷清，倒像溫柔鄉般令人流連忘返，因此，宿
州應是淮南一帶首屈一指的地方。

　　氣候的陰晴變化，是令人難以預料的，如酥的小雨，雖然
可以增添情致，但雨後初晴，亦另有一番欣喜，因此周遭的景
物，隨著天氣及心情的轉換，而呈現出不同的姿態。如程珌〈滿
庭芳〉，就寫出了於上元放晴時，出遊所見的景物：

> 「去臘飛花，今春未已，迤邐將度元宵。俄然甲子，青
> 帝下新條。淨掃一天沈靄，紅輪滿、大地山河。從今好，
> 便當聽取，萬國起歌謠。　　有人，當此際，鉏雲深塢，
> 剪月中阿。已占斷春風，自種仙桃。更扶疏桂影直，從
> 巖底、上拂雲梢。仍為我，長摩蒼石，無負此清波。」
> （《全宋詞》，頁二二九八。）

　　此詞題為：「戊戌上元喜霽，訪開桃洞。」應是作者在宋
理宗嘉熙二年（西元 1238 年）上元日，於雪停霧散，天氣晴朗
時，出門尋訪開桃洞。上片描寫時光荏苒，春回大地，陽光普
照，掃除了陰霾，帶來了欣欣向榮的景象；「從今好，便當聽

取，萬國起歌謠」數句，則體現了詞人「喜霽」的心情，自亦有歌頌朝廷之意。下片則是形容開桃洞的景色，此時正當雲開霧散，月色清明，而開桃洞得天獨厚，盡擁春風，使得桃樹茂盛，高聳入雲。「從巖底、上拂雲梢」一句，是對桃樹的讚歎，但同時也讓人的心情，隨著桃樹枝幹的生長，從最深的谷底，上達到高處的雲端；所以我們應該盡情的徜徉遊賞，怎能辜負了這良辰美景，及美妙的上元風光。由此我們亦可知曉，元宵時節是桃花綻放的時節；而搖曳生姿的桃花，也為上元佳節憑添了無盡的春意與活潑的生氣。

美景是看不盡也說不完的，不同的景色，予人不同的感動；元夕的風光，有其獨特的面貌。蔣捷〈花心動〉詞，字字刻鏤，句句雕琢，將元夜的景物描繪而出：

> 「春入南塘，粉梅花、盈盈倚風微笑。虹暈貫簾，星毬攢巷，遍地寶光交照。湧金門外樓臺影，參差浸、西湖波渺。暮天遠，芙蓉萬朵，是誰移到。」（上半闋，《全宋詞》，頁三四三五。）

此詞題為：「南塘元夕」，南塘在這裡應是指南宋行都臨安境內的南面之塘。當春天來臨，南塘的梅花迎風搖擺，體態輕巧。遠天的七色彩虹映透簾櫳，整條街巷簇聚著萬盞燈毬，彼此交相輝照，光芒四射。而煙波浩渺的西湖，映襯著宮牆樓臺的倒景；「參差浸」三字，表現出了一種不規則的美感。然暮天尚早，是誰迫不及待的已將萬朵芙蕖燈移到。在這裏詞人以緊湊細膩的筆觸，刻畫出了無限美好的元宵景致。

另外，由於人們感官功能的不同，所以對元宵風景的體會、

感覺自是不一樣。如毛滂〈浣溪沙〉詞：

> 「花市東風卷笑聲。柳溪人影亂於雲。梅花何處暗香
> 聞。」（上半闋，《全宋詞》，頁六六四。）[8]

　　此詞題為：「上元游靜林寺」。首先詞人聽到由春風吹拂
而來的嬉笑聲，接著看到柳溪岸邊的人影紛紛，而後聞到梅花
清幽的香氣。很清楚的，這是經由人的聽覺、視覺、嗅覺，而
感受到靜林寺的上元風光；同時詞人更以「卷」笑聲、「亂」
於雲、「暗」香聞，來加強人們在感官上之印象，使其鮮明靈動。

　　總之，寫景的元宵詞，在內容上呈現了「旖旎瑰麗」的風
格，美不勝收。而詞人藉著詞篇以另一種方式，為元宵風物留
下不朽的見證；並因此令讀者發揮了想像，使時空的交會能夠
無限延伸。

---

[8]　據唐圭璋《全宋詞》註此詞云：「案此首別誤作陸游詞，見《草堂詩
　　餘·續集》卷上。」

第二節　詠懷抒情

　　明‧沈際飛〈序草堂詩餘四集〉云：「情生文，文生情。何文非情，而以參差不齊之句，寫鬱勃難狀之情，則尤至也。……故詩餘之傳，非傳詩也，傳情也，傳其縱古橫今，體莫備於斯也。」（收錄於明‧沈際飛評選《鐫古香岑批點草堂詩餘四集》）因此，詩詞是一個有情世界，而它內在的基礎，在於感情的飽滿真摯，使人獲得一種心靈被感動的滿足。又清‧沈祥龍《論詞隨筆》曰：「詞之言情，貴得其真，勞人思婦，孝子忠臣，各有其情，古無無情之詞，亦無假托其情之詞。秦、柳之妍婉，蘇、辛之豪放，皆自言其情者也。」故於兩宋元宵詞中，關於詠懷抒情之作，可以分析歸納出五種不同的性質，茲分別敘述如下：

壹、誰見江南憔悴客──個人情懷的泛寫

　　所謂：「情有所感，不能無所寄；意有所鬱，不能無所洩。」（清‧陳廷焯《白雨齋詞話》卷八）。由於每個人所面臨的外在環境和遭遇各不相同，無法選擇，更無從掌握，因而在內心深處的感發，必是有喜、有怒、有哀、有樂，訴諸詞作，常可觸動人心，激起共鳴。如蘇軾描寫「密州上元」的〈蝶戀花〉詞：

　　　　「燈火錢塘三五夜。明月如霜，照見人如畫。帳底吹笙香吐麝，此般風味應無價。　　寂寞山城人老也。擊鼓

吹簫，乍入農桑社。火冷燈稀霜露下。昏昏雪意雲垂野。」
（《全宋詞》，頁三〇〇。）

　　此詞是宋神宗熙寧八年（西元 1075 年）正月十五日，蘇軾
於密州（山東省諸城縣）所作。[1]前此一年（亦即熙寧七年），
蘇軾任杭州通判之期限將屆，軾以弟轍在濟南，求為東州守，
因而有移知密州之命。是年秋末離杭，十一月到任。當他初到
密州之時，滿眼盡是天災人禍：蝗蟲、盜賊、棄嬰，糾結一團。
忙了兩個月，已屆除夕，卻沒有談得來的朋友，可以互相慰藉。
本來計畫趁此調差的機會，從海州繞道前往濟南，探望三年不
見的弟弟，但因路程耽擱，最後必須逕趨密州到任，徒呼負負！
種種因由，使得他的情緒非常低落。到了上元節，蘇軾客居異
鄉，又逢佳節；而密州的風土也不能與江南比論，於是不禁使
他想起此日的杭州，寫下了這闋〈蝶戀花〉（以上參李一冰《蘇
東坡新傳》第三章）。開頭首句「燈火錢塘三五夜」，以短短
的七個字，就指出了時間、地點以及情景。而杭州的上元最讓
蘇軾懷念不已的是：錢塘的燈火，如霜的明月，和「帳底吹笙」
的賞心樂事，此般風味縈繞在他的心頭。但是蘇軾並沒有被回
憶所吞噬，在過片處以一句「寂寞山城人老也」，把懷想的思
緒拉回到現實的時空。這個山城，是一個「風俗朴陋，四方賓

---

[1]　清·朱孝臧《彊邨叢書·東坡樂府》卷一註此詞云：「《紀年錄》：
　　乙卯作；王案：乙卯正月十五日作。」（上海：上海書店、江蘇廣陵
　　古籍刻印社，1989 年 7 月，上冊，頁 216。）清·王文誥《蘇文忠公
　　詩編註集成總案》卷十三載：「熙寧八年乙卯……正月……十五日作
　　〈蝶戀花〉詞。」詞中「此般風味應無價」一句，或作「更無一點塵
　　隨馬」，並附於此。

客不至」（蘇轍〈超然臺賦敘〉）的地方，而且蘇軾在「受命之歲，承大旱之餘孽，驅除蝗蝗，逐捕盜賊，虜恤飢饉，日不遑給。」（蘇轍〈超然臺賦敘〉）身處如此艱困的環境，真可說是心力交瘁，故年僅四十歲的他，就有「人老也」之歎。忽然遠處傳來簫鼓之聲，是鄉民在舉行社祭儀式，祈求豐年；天災人禍的橫行，致使民生凋弊，一切只有寄望於神明的庇祐，是無奈也是無助。這時燈火漸稀，霜露俱下，烏雲低沈，天空一片昏暗，有將落雪之意；此不僅是敘述實景，同時也體現出蘇軾當時的境遇和心情——在寂寥中透著幾分淒涼。

　　人世間原有許多無可奈何：花的盛開與凋零，月的陰晴與圓缺，都不為你我所左右；在宇宙無窮盡的對比中，人事的變化更是反覆無常。周邦彥〈解語花〉，就將這一縷淡淡的愁思反映在元宵詞中：

> 「風銷焰蠟，露浥烘爐，花市光相射。桂華流瓦。纖雲散，耿耿素娥欲下。衣裳淡雅。看楚女、纖腰一把。簫鼓喧，人影參差，滿路飄香麝。　因念都城放夜。望千門如畫，嬉笑游冶。鈿車羅帕。相逢處，自有暗塵隨馬。年光是也。唯只見、舊情衰謝。清漏移，飛蓋歸來，從舞休歌罷。」（《全宋詞》，頁六〇八。）

　　此詞題為：「元宵」，應是詞人晚年任地方官時，懷念都城上元的景物而作，[2]全詞充滿了時節風物之感。周邦彥的仕宦

---

[2]　此詞之寫作時間，大陸學者吳小如有詳細的考證：關於此詞寫作的地點和年代，舊有異說。清人周濟《宋四家詞選》謂是：「在荊南作」，「當與〈齊天樂〉同時」；近人陳思《清真居士年譜》則以此詞為周

前途，是在新舊黨爭中升沈進退，[3]他年輕時「疏雋少檢，不為州里推重。」（《宋史》卷四百四十四〈文苑傳〉）中年飄零

知明州（今浙江寧波）時作，時在徽宗政和五年（1115），竊謂兩說均無確據，只好兩存。周濟說似據詞中「楚女」句立論，然「看楚女、纖腰一把」云云，乃用杜牧詩「楚腰纖細掌中輕」之意，而小杜所指卻為揚州歌姬，並非荊楚之女。所謂「楚女纖腰」，不過用「楚靈王好細腰」的舊典（見《韓非子‧二柄》、《墨子》、《國策》亦均記其事）而已。況且據近人羅忼烈考訂，周邦彥曾兩次居住荊南，其說甚確（見〈周清真詞時地考略〉，載《大公報在港復刊三十周年紀念文集》，下同。）可見即使從周濟說，寫作年代亦難指實。故「作於荊南」一說只有闕疑。陳《譜》引周密《武林舊事》以證其說，略云：「《武林舊事》：『（元夕）至五夜，則京尹乘小提轎，諸舞出（小如按：原書無「出」字）隊，次第簇擁，前後連互十餘里，錦繡填委，簫鼓振作，耳目不暇給。』詞曰：『簫鼓喧，人影參差』，又曰：『清漏移，飛蓋歸來，從舞休歌罷』。足證《舊事》所記，五夜京尹乘小提轎，舞隊簇擁，仍沿浙東西之舊俗也。」羅忼烈從之，並引申之云：「按蘇軾〈蝶戀花‧密州上元〉詞，懷杭州元宵之盛云：『燈火錢塘三五夜。明月如霜，照見人如畫。帳底吹笙香吐麝，更無一點塵隨馬。』與清真此詞景色相似，則《年譜》所謂南宋時仍沿浙東西舊俗是也。」今按：南宋時杭州為行都，故有「京尹」，至於地方上是否也同樣如此，殊未可知。而蘇軾詞中所寫，亦只是上元節日習見情景，不足以說明確為宋代浙東西舊俗。故作於明州之說也並沒有確鑿的證據。但從周詞本身來看，有兩點是無可置疑的：一、此詞不論寫於荊州或明州，要為作者在做地方官時懷念汴京節日景物而作；二、此詞當是作者後期所寫，故有「舊情衰謝」之語。依陳《譜》，則下限在政和五年，作者已六十歲了（賀新輝主編：《宋詞鑑賞辭典》，北京：燕山出版社，頁 430—431）。其說甚是，茲從之。

3　據元‧脫脫等撰《宋史》卷四百四十四〈文苑傳〉載：「周邦彥字美成，錢塘人。……元豐初，游京師，獻〈汴都賦〉餘萬言，神宗異之，命侍臣讀於邇英閣，召赴政事堂，自太學諸生一命為正。……哲宗召對，使誦前賦，除祕書正字。歷校書郎，考功員外郎，衛尉、宗正少卿，兼議禮局檢討，以直龍圖閣知河中府，徽宗欲使畢禮書，復留之。」〈汴都賦〉之主旨在於贊頌熙寧、元豐的新法，他「以一賦而得三朝之眷」（宋‧樓鑰《攻媿集》卷五十一〈清真先生文集序〉），因而周邦彥的政治生涯與宦海浮沈，就和新黨的起廢有著密切的關係。

不偶，流寓江淮、荊州；到了晚年則「學道退然，委順知命，人望之如木雞，自以為喜。」（宋‧樓鑰《攻媿集》卷五十一〈清真先生文集序〉）可見晚年的周邦彥已厭倦了新舊黨的權力鬥爭，而甘願淡泊自守，從這闋詞裏可以看出他在心境上的轉變。上半闋詞人先描寫眼前所見的上元景色：搖曳的燭焰，沾露的花燈，相互輝映。「桂華流瓦」一句，寫皎潔的月光傾瀉在千家萬戶的屋瓦上；「流」字表現出了動態柔和的美感。這時，薄雲散盡，連月宮中的嫦娥仙子，逢此良辰，都有辭卻天庭降人寰之意。接著在「簫鼓喧，人影參差」的氣氛烘托下，直寫「衣裳淡雅」、纖腰仕女的遊樂盛況，而此情此景卻勾起了詞人的回憶。下片以「因念」二字，將元夕的情景從現實的環境，轉換為對昔日的懷想；並從描繪熱鬧的盛況，變成為觸景傷情的抒發：昔日年少，「嬉笑游冶」，「暗塵隨馬」，[4]縱情揮霍；如今已無復昔日的情懷，也沒有舊時的興致。而後以「清漏移」三句作結，寫詞人迫不及待的「飛蓋歸來」，因為他瞭解熱鬧後的冷落、聚會後的散場、歡笑後的淚水，最是令人不堪。

---

[4]　大陸學者吳小如賞析此句認為：「歷來注家於此句都引蘇味道〈上元〉詩中五、六二句：『暗塵隨馬去，明月逐人來。』……而周詞此處的用法似與蘇味道詩略異其趣。意思是說女子坐著鈿車出遊，等到與所期男子在約定地點相遇之後，車尾便有個騎馬的男子跟蹤了。『暗』不獨形容被馬蹄帶起的『塵』，也含有偷期密約、躡跡潛蹤的意思。這是蘇味道原詩中所沒有的。」（傅庚生、傅光編：《百家唐宋詞新話》，成都：四川文藝出版社，頁 261。）茲從之。

　　按：蘇味道〈正月十五夜〉（一作〈上元〉）詩：「火樹銀花合，星橋鐵鎖開。暗塵隨馬去，明月逐人來。游伎（一作騎）皆穠李，行歌盡落梅。金吾不禁夜，玉漏莫相（一作頻）催。」（《全唐詩》卷六十五）；故「暗塵隨馬去，明月逐人來」應是第三、四句，而不是前段所言的「五、六二句」。

　　天下不如意事，十常八九，在命運的遇合中，強求固是癡想，倖免亦屬妄念，若不能跳脫得失的羈絆，將是一場永無止盡的苦難。如毛滂〈臨江仙〉一詞，即趁著上元時節，道出了心中的失意與處境的落魄：

> 「聞道長安燈夜好，雕輪寶馬如雲。蓬萊清淺對觚棱。玉皇開碧落，銀界失黃昏。誰見江南憔悴客，端憂懶步芳塵。小屏風畔冷香凝。酒濃春入夢，窗破月尋人。」
> （《全宋詞》，頁六九一。）

　　此詞題為：「都城元夕」，據大陸學者張奇慧曰：「毛滂晚年家計落拓，無以為生。大約在政和初，又因言語文字坐罪，被罷去秀州假守之職；政和五年冬，待罪於河南杞縣旅舍，他在〈重上時相書〉中云：『去年，某以病眩，蒙許留杞擬官。』（《東堂集》卷八）生計艱難，情懷落拓，心情悲慘，在這種困苦的情況下，詞人度過一冬，迎來新年的元宵。這首〈臨江仙〉是詞人羈旅河南，為記都城汴京的元宵佳節所作。」（賀新輝《宋詞鑒賞辭典》，北京：燕山出版社，頁四八一。）所以作者在上半闋起句即言：「聞道長安燈夜好」，以長安代指帝都汴京，而以「聞道」二字虛寫燈夜美景：如「雕輪寶馬」的雜遝雲集，「蓬萊清淺」的瀉瀑景觀，以及「開碧落，失黃昏」的花燈盛況，都是作者設想之辭。下片首句：「誰見江南憔悴客」，一語道破了上片所虛設的美景，前面愈是極寫上元的繁華熱鬧，就愈映襯出詞人「端憂」的心境。即因「懶步芳塵」，無心遊賞，故對都城元夕之景物，僅僅是「聞道」而已。所以「誰見」一辭，點出了詞人寂寞的意緒，自傷幽獨，自怨

自艾；而「小屏風畔冷香凝」，則是自我寬解的無奈之語，詞
人心中那一份飄泊四方的落拓情懷，也只有借酒來慰藉了。末
句「窗破月尋人」，以月的有情，道出人的冷漠，和「誰見」
一句前後呼應，淒清之景，如在目前。清・張宗橚《詞林紀事》
卷七引柯富皃云：「澤民『酒濃春入夢，窗破月尋人。』真詞
家佳境也。」

　　以上三闋詞，筆墨不同，但章法一也，均是先敘景致，而
後發抒個人情懷。所以「含蓄蘊藉」，可說是這一類元宵詞共
同的特點；而作者也都藉著委婉入妙的手法，傳達出內心的感
懷，讀之令人不勝悲慨。

貳、天涯望極長安遠──身世家國的抒發

　　宋欽宗靖康二年（西元 1127 年），金兵攻陷汴京，徽、欽
二帝被擄，致使宋代在政治上歷經了驚天動地的浩劫。況奸臣
秉政，黨同伐異，使詞人在思想感情上產生了極大的變化，反
映在元宵詞作中，處處可見憂國之心和身世之感。如辛棄疾〈青
玉案〉詞：

> 「東風夜放花千樹。更吹落、星如雨。寶馬雕車香滿路。
> 鳳簫聲動，玉壺光轉，一夜魚龍舞。　蛾兒雪柳黃金縷。
> 笑語盈盈暗香去。眾裏尋他千百度。驀然迴首，那人卻在，
> 燈火闌珊處。」（《全宋詞》，頁一八八四。）[5]

---

[5]　據唐圭璋《全宋詞》註此詞云：「案此首別誤作姚進道詞，見《歷代
　　詩餘》卷四十四。」又「燈火闌珊處」句，「燈火」二字據元刊本補。

　　此詞題為：「元夕」，據鄧廣銘《稼軒詞編年箋注》卷二〈帶湖之什〉所言：「以其均見四卷本甲集，……知其至晚當作於淳熙十四年。」而溯夫稼軒自南渡以還，歷官各地，積極有為；曾招撫流民，恢復生產，主持荒政，創立軍隊，一心寄望收復中原故土。但此行徑卻遭朝廷主和派的忌恨，宋孝宗淳熙八年（西元 1181 年），監察御史王藺奏劾稼軒「用錢如泥沙，殺人如草芥」（《宋史》卷四百一〈本傳〉），稼軒因之落職，[6] 遂歸隱信州上饒之帶湖，開始了長達十年的閒居生活。可是宦海浮沈之恨，壯志未酬之憾，抑鬱於心，難以平息，故值上元之際，寫下了這闋「自憐幽獨，傷心人別有懷抱」（梁令嫻《藝蘅館詞選》丙卷引梁啟超語）之詞作。此詞前半闋狀景，極寫燈火璀璨、遊人眾多、樂聲清脆、百戲雜陳的上元盛況。下半闋則描繪一群頭帶蛾兒、雪柳的婦女，個個盛妝，笑逐顏開，上街觀燈的情景，而後以一句「眾裏尋他千百度」，鎖定住特定的對象「他」，並與上片「玉壺光轉，一夜魚龍舞」兩句聯繫，可知詞人已花了一整夜的時間，在人群中一次又一次的找尋，就是不見「他」的蹤影。忽然回首，那位遍尋不著的人，原來正落寞的站在燈火稀少的幽暗角落；因而前面種種繁華熱鬧的場面，都是為了映襯出「那人」孤高、淡泊的情懷。胡雲翼《宋詞選》認為：「作者追慕的是一個不同凡俗、自甘寂寞，而又有些遲暮之感的美人，這所反映的正是他自己在政治失意

6　據宋・宋綬等奉敕修，清・徐松輯《宋會要輯稿》第一百一冊〈職官〉七二載：「（淳熙八年十二月）二日，右文殿修撰新任兩浙西路提點刑獄公事辛棄疾落職罷新任，以棄疾姦貪凶暴，帥湖南日虐害田里，至是言者論列，故有是命。」

以後，寧願閒居、不肯同流合污的品質。」自古英雄豪傑及任何一個「不世出」的人，也必有他過人的孤寂，所以這或許真能掌握稼軒的心情。而面對喧鬧的氣氛，那些看著花燈，以及乘著寶馬雕車的人，處在動盪的時代，何嘗有家國之思？這些描寫似也諷刺了南宋朝廷苟且偏安、歌舞縱樂、粉飾太平的心態。詞人空懷壯志，請纓無路，卻又回天乏術，自不免引起「眾人皆醉，惟我獨醒」的感觸；若說此女子彷彿是稼軒的化身，應不為過。

到了南宋末年，強鄰壓境，異族入侵，蒙古人有計畫的吞金滅宋，使宋朝於元世祖至元十六年（西元 1279 年）正式滅亡。劉大杰《中國文學發展史》說：「這一次的大變動，與靖康之變完全兩樣，那時徽、欽雖是北去，剩下來的皇室、貴族、官吏、士大夫，仍可南渡成業，得著苟延殘喘的偏安局面。至於南宋的覆滅，那是連根本也推翻了的，就是連那苟延殘喘的偏安局面，也不可得了。加以元人加於漢人的恐佈政策，使得一般知識分子，真實地嘗到了亡國的恥辱與苦痛。」（第二十章）故此時宋末遺民在元宵詞中所表現的，多為時代哀音；同時也反映出了宋代最後一點的愛國精神與正氣。如蔣捷〈女冠子〉詞：

> 「蕙花香也。雪晴池館如畫。春風飛到，寶釵樓上，一片笙簫，琉璃光射。而今燈漫挂。不是暗塵明月，那時元夜。況年來、心懶意怯，羞與蛾兒爭耍。　　江城人悄初更打。問繁華誰解，再向天公借。剔殘紅炧。但夢裏隱隱，鈿車羅帕。吳牋銀粉砑。待把舊家風景，寫成

閒話。笑綠鬟鄰女，倚窗猶唱，夕陽西下。」（《全宋詞》，頁三四三四。）

　　此詞題為：「元夕」，應是寫於宋亡之後。詞人蔣捷大約是在恭帝德祐年間考中進士；宋亡，則隱居不仕。元成宗大德中，屢有人薦於當路，終不肯出，可見他對故國一份執著的心意。然元宵節的到來，自不免使他從對當年繁華盛景的嗟歎，興起對家國的緬懷。所以詞的前半闋，一開始就從花香、池館、春風、歌樓、舞榭、樂聲以及耀眼的光彩中，渲染出昔日承平時的元夕情景。但下面卻以「而今燈漫挂。不是暗塵明月，那時元夜。」三句，道出了江山依舊，人事全非的感慨。因而使他「心懶意怯」；不僅如今已無遊賞元宵燈節的興致，更怕的是觸動內心深處亡國的哀痛。「羞與蛾兒爭耍」，一個「羞」字，著實反映出身為一個遺民無奈可悲的心聲。後半闋接著寫往日熱鬧的盛況，一切只有在夢中才能重現；正對映出今日都城的冷清。詞人同時也體認到，隨著時光的流逝，而後還有誰知曉從前元夕的繁華呢？其言「再向天公借」，是明知不能的癡語，所以他打算把「舊家風景，寫成閒話」，是對昔日的追憶，也是警惕世人不要忘懷故國家園。就在這時，倦遊歸來的鄰女，還興高采烈的倚窗唱著「夕陽西下」的曲子；[7]似此不知

---

[7]　清・李調元《雨村詞話》卷二「上元詞」項載：「伯可詞名冠一時，有上元〈寶鼎現〉詞，首句『夕陽西下』。蔣竹山捷同時人，作〈女冠子〉詞詠上元，結句云：『笑綠鬟鄰女，倚窗猶唱，夕陽西下。』其推重當時如此。」（收錄於唐圭璋編：《詞話叢編》，臺北：新文豐出版公司，1988 年 2 月，第 2 冊，頁 1413。）

　　又鄭騫《詞選》註此句云：「宋南渡之初，康與之作〈寶鼎現〉詞，敘元夕風物，為當時流行歌曲，其首句云『夕陽西下』。」（臺北：

亡國恨的心態，與上半闋末句「羞與蛾兒爭耍」，形成強烈
的對比。國土的淪陷，已著實可悲，更可悲的是國人不知引
以為恥，「視燕京為汴京」，作者看在心裡，除了苦笑，夫
復何言！

　　時代喪亂的創傷，烙印在每個遺民的心頭，此中固不乏以
救國救民為己任者；只是那不容自已的使命感與責任心，在他
們面對大勢已去的局面時，一切只得徒呼奈何了！因此在元宵
詞中，也充斥著遺民欲哭無淚的沮喪，和國破家亡的悵恨之情。
如劉辰翁〈寶鼎現〉詞：

> 「紅妝春騎。踏月影、竿旗穿市。望不盡、樓臺歌舞，
> 習習香塵蓮步底。簫聲斷、約彩鸞歸去，未怕金吾呵醉。
> 甚輦路、喧闐且止。聽得念奴歌起。　　父老猶記宣和
> 事。抱銅仙、清淚如水。還轉盼、沙河多麗。滉漾明光
> 連邸第。簾影凍、散紅光成綺。月浸葡萄十里。看往來、
> 神仙才子。肯把菱花撲碎。　　腸斷竹馬兒童，空見說、
> 三千樂指。等多時春不歸來，到春時欲睡。又說向、燈
> 前擁髻。暗滴鮫珠墜。便當日、親見霓裳，天上人間夢
> 裏。」（《全宋詞》，頁三二一四。）

中國文化大學出版部，1986 年 11 月），頁 184。
茲將范周〈寶鼎現〉詞，移錄於下：（此詞俗謂康與之（康伯可）作，
唐圭璋《宋詞互見考》據《中吳紀聞》卷五，定為范周作，今從之。）
「夕陽西下，暮靄紅隘，香風羅綺。乘麗景、華燈爭放，濃歛燒空連
錦砌。睹皓月、浸嚴城如畫，花影寒籠絳蕊。漸掩映、芙蓉萬頃，迤
邐齊開秋水。　　太守無限行歌意。擁麾幢、光動珠翠。傾萬井、歌
臺舞榭，瞻望朱輪駢旌吹。控寶馬、耀貔貅千騎。銀燭交光數里。似
亂簇、寒星萬點，擁入蓬壺影裏。　　宴闌多才，環艷粉、瑤簪珠履。
恐看看、丹詔催奉，宸游燕侍。便趁早、占通宵醉。緩引笙歌妓。任
畫角、吹老寒梅，月落西樓十二。」（《全宋詞》，頁七三四。）

　　劉辰翁生於宋理宗紹定五年（西元 1232 年），正遭逢宋末
亂世，他眼見奸臣之誤國，極度的痛恨，亦曾抗言直諫，[8]但終
無濟於事，以致國運日衰，鼎祚轉移，最後只有將滿腔的愁苦，
發之於詞，化為悲壯哀怨之音。此詞題為：「春月」，並據《歷
代詩餘》引清・張孟浩之言，[9]知為丁酉（元成宗大德元年，西
元 1297 年）元夕所作，然也就在這一年，劉辰翁告別了人世，
這闋詞為三疊的長調，分別從三個方面，層層深入的發抒詞人
眷戀故國的哀愁。第一疊所呈現的，是北宋汴京在上元時歌舞
昇平的歡樂景象。第二疊過片處以「父老猶記宣和事。抱銅仙、
清淚如水」三句，將詞意一轉為北宋父老，對國家興亡的悲愁，
但「還轉盼」以下，轉寫舉國上下耽於南宋偏安的局勢，在元
宵燈節仍然酣歌醉舞，真是「暖風薰得遊人醉，直把杭州做汴
州！」（宋・林昇〈題臨安邸〉）。而後一句「肯把菱花撲碎」，
暗用徐德言和樂昌公主於陳亡後「破鏡各分其半」作為憑信的
故事（詳參本文第三章第四節「破鏡重圓」項），來諷刺那些
不思恢復，一味粉飾太平者流，他們樂不思蜀，不肯放棄享受
的生活，不肯面對亡國的命運；結果正蹈汴京陷落的覆轍而不

8　　清・陸心源《宋史翼》卷三十五載：「壬戌（宋理宗景定三年，西元
　　1262 年）廷試，賈似道專國，欲殺直臣以塞言路，辰翁因言：『濟邸
　　無後可慟，忠良戕害可傷，風節不競可憾。』雖忤賈意，而理宗嘉之，
　　寘丙第。」

9　　清康熙四十六年聖祖仁皇帝御定，清・沈辰垣等奉敕編《歷代詩餘》
　　卷一百十八引清・張孟浩之言云：「劉辰翁作〈寶鼎現〉詞，時為大
　　德元年，自題曰：『丁酉元夕』，亦羲熙舊人只書甲子之意。其詞有
　　云：『父老猶記宣和事，抱銅仙清淚如水。』又云：『腸斷竹馬兒童，
　　空見三千樂指。』又云：『向燈前擁髻，暗滴鮫珠墜。便當日、親見
　　霓裳，天上人間夢裏。』反反覆覆，字字悲咽，真孤竹彭澤之流。」

自知，最後把南宋的半壁河山也斷送了。第三疊作者表達出今日又逢上元的心境，他清楚的知道，昔日元夕種種的盛況，年輕的孩童已無從親見，而冀望復國的心願也早已破滅，如今訴說著往事，只能「燈前擁髻」，[10]珠淚暗滴；然而即使曾親眼看到當日的繁華熱鬧，又如何呢？國家亡了，一切都成為幻影。最後幾句，語雖含蓄，但憤慨極深，故張孟浩云：「其詞反反覆覆，字字悲咽。」（《歷代詩餘》卷一百十八引，參註9。）又近人楊海明〈宋代元宵詞漫談〉中有一段話，對此詞作了綜合的說明：「這首詞，上闋寫北宋元宵，中闋寫南宋元宵，末闋寫宋亡後的元宵，可說是對三百多年來宋代元宵節的一個總結──含著眼淚的總結。宋代的元宵『盛況』到此成了一場夢幻。」（《蘇州大學學報》一九八三年第四期）

　　歷史的意義，是教我們能夠鑑往知來，而歷史的悲哀，則是人們一再的重蹈覆轍。詞人藉著元宵詞表達出故宮禾黍之悲，及山河改色之慟；除以上三闋詞外，他如趙鼎〈鷓鴣天〉（客路那知歲序移）、向子諲〈水龍吟〉（華燈明月光中）、劉辰翁〈柳梢青〉（鐵馬蒙氈）、〈永遇樂〉（璧月初晴）、汪元量〈傳言玉女〉（一片風流）等，都是通過元宵節，來反映愛國的情思，及亡國後悽愴哀婉的心境。因而「沈痛悲戚」，可說是這些抒發身世家國的元宵詞，所共同具有的特色。

10　漢・伶玄《趙飛燕外傳》〈伶玄自敘〉載：「子于老休，買妾樊通德。……顧能言趙飛燕姊弟故事。子于閒居命言，厭厭不倦。子于語通德曰：『斯人俱灰滅矣，當時疲精力，馳騖嗜欲蠱惑之事，寧知終歸荒田野草乎？』通德占袖顧視燭影，以手擁髻，悽然泣下，不勝其悲，子于亦然。」（子于，伶玄字。）

參、時節雖同悲樂異──今昔生活的慨歎

王國維〈玉樓春〉詞說：「君看今日樹頭花，不是去年枝上朵。」（《苕華詞》）春花易落，春天易逝，在日月遞照，四時替變中，今年的花再也不是去年的那幾朵了。而物換星移，人事盡非，使人在感情上不免跌宕起伏，因而詞人遂將這無處傾訴，又無以超脫的濃濃情愁，寫入元宵詞中。如歐陽修〈生查子〉詞：

> 「去年元夜時，花市燈如畫。月到柳梢頭，人約黃昏後。　　今年元夜時，月與燈依舊。不見去年人，淚滿春衫袖。」（《全宋詞》，頁一二四。）[11]

這闋詞以回憶開端，懷想去年元夕時，與有情人的幽期密約，一句「人約黃昏後」，言盡而意無窮，引人遐思。下片則以今年的元夜對比去年的元夜：今年花市的燈，柳梢的月，依然如昔，但是去年的人呢？撫今思昔，舊情難續，不禁悲從中來，寫出了詞人真摯的情感。

歷史的巨變，世事的滄桑，往往支配著人生的境遇，這是時代的悲劇，也是世間的無情，當我們回頭觀照時，纏繞於心

---

[11] 據唐圭璋《宋詞互見考》載：「案此首歐陽修詞，見《歐陽文忠公近體樂府》，又見《樂府雅詞》。曾慥錄詞特慎，《雅詞》序云：『當時小人或作豔曲，謬為公詞，今悉刪除。』此闋適在選中，其為歐詞明甚。汲古閣《詩詞雜俎》錄入朱淑真《斷腸詞》，非是。毛本《六一詞》註云：『或刻秦少游。』亦非。」（收錄於唐圭璋著：《詞學論叢》，上海：上海古籍出版社，1986 年 6 月，頁 403。）又唐圭璋《全宋詞》註云：「方回《瀛奎律髓》卷十六又引『月上柳梢頭』句以為李清照作，亦誤。」

的是不勝今昔的哀怨。若逢佳節，更易觸動那內心深沉的苦痛。
如李清照〈永遇樂〉詞：

> 「落日鎔金，暮雲合璧，人在何處。染柳煙濃，吹梅笛
> 怨，春意知幾許。元宵佳節，融和天氣，次第豈無風雨。
> 來相召、香車寶馬，謝他酒朋詩侶。　　中州盛日，閨
> 門多暇，記得偏重三五。鋪翠冠兒，撚金雪柳，簇帶爭
> 濟楚。如今憔悴，風鬟霜鬢，怕見夜間出去。不如向、
> 簾兒底下，聽人笑語。」（《全宋詞》，頁九三一。）[12]

　　在南渡以前的李清照，生活的境界是高尚歡愉的，她與其
夫趙明誠，夫唱婦隨，鶼鰈情深。可是好景不常，時代動亂，
朝廷南遷，破壞了原本安定的生活；而明誠此時又被旨知湖州，
冒暑感疾，終告不起。她受到嚴重的悲痛與打擊，自此東飄西
泊，情境淒涼，最後流落在臨安，度過了貧困的晚年。這闋元
宵詞，就是她藉著今昔歲月的過度，悲歡中原地區的淪陷和個
人身世的飄零。上半闋敘寫今日元宵的景物與當前的心情，只
見夕照鮮明，晚霞豔麗，但「人在何處」？柳色清新，梅花開
早，但「春意知幾許」？佳節良辰，天氣晴和，但「次第豈無
風雨」？因而有人相召出遊，她當然「謝他酒朋詩侶」，這是
一種飽經憂患後的漠然心態，所謂：「試燈無意思，踏雪沒心
情。」（李清照〈臨江仙〉，《全宋詞》，頁九二九。）下半
闋由今憶昔，追懷從前汴京元夕繁盛的景象，以寄託她眷念故

---

[12]　宋末劉辰翁曾和此詞，序云：「余自乙亥上元誦李易安〈永遇樂〉，
　　為之涕下。今三年矣，每聞此詞，輒不自堪。遂依其聲，又託之易安
　　自喻。雖辭情不及，而悲苦過之。」（《全宋詞》，頁三二二九。）

國的感情。然而此時李清照已是「風鬟霜鬢，怕見夜間出去」；
更多的是家庭不幸，趙明誠亡故，以及自身流離失所的痛苦。
最後以「不如向、簾兒底下，聽人笑語」作結，道出她飄零生
活的孤寂，和今昔盛衰的感歎。

　　在人生的際遇中，美好的事物，常會成為我們永恆的記憶，
然在環境的驟變下，得到的不等於擁有，失去的已來不及挽留，
因此記憶就將像沈重的枷鎖，鎖住你我的心扉，雖曾企求解脫，
卻又揮之不去。故元宵詞中也常見詞人傷今感昔，一片喟歎，
情深語至的表達出對過往時光的難忘和懷念。如吳文英〈點絳
脣〉詞：

> 「捲盡愁雲，素娥臨夜新梳洗。暗塵不起。酥潤淩波
> 地。　　輦路重來，彷彿燈前事。情如水。小樓熏被。
> 春夢笙歌裏。」（《全宋詞》，頁二八九五。）

　　此詞題為：「試燈夜初晴」，所以在上半闋作者極力烘托
出雨後新晴的光景，和人們試燈出遊的熱鬧場面。而後作者借
景托情，鎔風景入人事，在下半闋寫道：「輦路重來，彷彿燈
前事」，遂勾起他對昔日的回憶。但是，回首來時路，一切都
已物是人非；末句「春夢笙歌裏」，充分透露了他對舊情往事
之懷思，以及對世事盛衰無常的悲慨。

　　從以上慨歎元宵今昔生活的詞作中，我們可以深切體會
到，字裏行間所流露的「懷舊傷感」，是它們共同的特點；而
那始終縈迴盪漾在腦海裏的，是對往事的牽絆。所以，在一樣
的時節裏，詞人由於遭遇不同，確有著多樣的情懷。

肆、紗窗人老羞相見——時光流逝的惋惜

「時間」是一個最公平，也是最無情的主宰者，它不會為任何人放慢腳步，所謂：「日月既往，不可復追。」當我們驚覺，時世既移，年華不再時，難免心緒惘然。因而詞人在面對年復一年的元宵節時，也常在作品中反映出世事滄桑，不勝遲暮之感。如范成大〈醉落魄〉詞：

> 「春城勝絕。暮林風舞催花發。垂雲卷盡添空闊。吹上新年，美滿十分月。　　紅葉影下勾絲抹。老來牽強隨時節。無人知道心情別。惟有蛾兒，驚見鬢邊雪。」（《全宋詞》，頁一六二一。）

此詞題為：「元夕」，在前半闋一開始，以花朵吐蕊，明月團圞，描繪出元宵新歲的蓬勃生機。下半闋首句更進一步陳述元夜燦爛的燈影，及遊人如織的熱鬧氣氛；但其下一句「老來牽強隨時節」，頓覺淒楚。而此情孰知？惟有鬢邊蛾兒瞭解詞人此刻的傷懷，於焉流露出他既孤獨又無奈的心境。詞中「鬢邊雪」與「催花發」、「十分月」形成強烈的對比，一方是欣欣向榮的再生，一方卻是老盡凋零的哀愁。

生命是短暫無常的，每年的花開、月圓，悄悄送走了人生美好的生命，因而光陰易逝，人坐幾何的感慨，也常流露在元宵詞中。如孫惟信〈望遠行〉詞：

> 「又還到元宵臺榭。記輕衫短帽，酒朋詩社。爛漫向、羅綺叢中，馳騁風流俊雅。轉頭是、三十年話。　　量減才慳，自覺是、歡情衰謝。但一點難忘，酒痕香帕。

如今雪鬢霜髭，嬉遊不恢深夜。怕相逢、風前月下。」
（《全宋詞》，頁二四八五。）[13]

此詞題為：「元夕」，因此在上片首句即點出又逢元宵佳
節，但以一「記」字，將時光倒回至從前年少疏狂、縱情聲色
的放蕩生涯，然而人生匆匆，一轉頭，這已是三十年前的往事
了。下片以一句「量減才慳」起首，使詞人墜入了對年華逝去
的哀歎中。若詞人因而有所領悟，積極樂觀，珍惜現有的生命，
相信一切將會更美好。可惜的是，他難忘當年的「酒痕香帕」，
所以就更怕相逢在風前月下了；而一股孤寂寥落之感，亦於焉
產生，迴盪不已。

人生長在這蒼茫無際的大宇宙裏，周遭的一切，無不悄悄
的來，又匆匆的去。而我們生命中的美好時光，就像是書頁間
的精美插圖，再怎麼讚歎與不捨，都是要翻過去的；因此在
元宵詞中，作者亦常寄託感時傷春的情懷。如吳文英〈水龍
吟〉詞：

「澹雲籠月微黃，柳絲淺色東風緊。夜寒舊事，春期新
恨，眉山碧遠。塵陌飄香，繡簾垂戶，趁時妝面。鈿車
催去急，珠囊袖冷，愁如海、情一線。　猶記初來吳
苑。未清霜、飛鷺雙鬢。嬉遊是處，風光無際，舞茵歌
蓆。陳跡征衫，老容華鏡，歡忺都盡。向殘燈夢短，梅
花曉角，為誰吟怨。」（《全宋詞》，頁二八○。）

---

[13]　據唐圭璋《全宋詞》註此詞云：「案《浩然齋雅談》云：古詞有元夕
　　　〈望遠行〉，翁賓暘謂是孫季蕃詞，然集中無之。」（季蕃，孫惟信
　　　字。）此闋見《浩然齋雅談》卷下。

　　此詞題為：「癸卯元夕」，應是作者於宋理宗淳祐三年（西元 1243 年），在蘇州為倉臺幕僚時所作。吳文英在蘇州曾眷一妾，但被迫遣去（參夏瞿禪《吳夢窗繫年》），所以這闋詞從追憶昔日的戀人落筆，然由於作者的一往情深，致使「舊事」、「新恨」湧上心頭。而後半闋，在歡度元宵的清歌妙舞下，作者卻產生了遲暮飄零的情懷。「陳跡征衫，老容華鏡」，顯示了時間的殘酷與無情；而「歡悰都盡」、「為誰吟怨」，更體現了作者多情的哀悼和無法挽回的遺恨。

　　從上述惋惜時光流逝的元宵詞裏，我們可以很明顯的看到，它們在內容上均呈現出「悵惘怨歎」的風格；悵惘的是生命的匆促，怨歎的是時間的無情。生命之前有時間，生命之後時間也不會改變，人類無法以任何感官捕捉時間，但卻清清楚楚的意識到時間的存在。而我們就是站在過去與未來這兩重永恆的會合點上，何所逃？何所為？人生自是一枝花，看盡春來，又忍盡花落！

伍、兩處沈吟各自知──思人愁緒的表達

　　「人生如浮萍，漂流也無定」，天長地久的永恆，是遙不可及的奢望，人生而有情，所以在聚散離合之時，自有悲哀。然時空的阻隔，心靈的繫念，考驗著有情人對情感的執著，故詞人亦恒藉著元宵詞篇，來抒發這份「剪不斷，理還亂」的兒女相思情懷。如胡浩然〈萬年歡〉詞：

「燈月交光，漸輕風布暖，先到南國。羅綺嬌容，十里
絳紗籠燭。花豔驚郎醉目。有多少、佳人如玉。春衫袂，
整整齊齊，內家新樣妝束。　　歡情未足。更闌謾勾牽
舊恨，縈亂心曲。悵望歸期，應是紫姑頻卜。暗想雙眉
對蹙。斷絃待、鸞膠重續。休迷戀，野草閒花，鳳簫人
在金谷。」（《全宋詞》，頁三五三六。）

此詞題為：「上元」，是敘述一位女子，在元宵之夜思念
遠方戀人的惆悵。上片從描寫元夕氣候漸暖，及燈與月光彩耀
眼、豔麗動人的情景著手；而美麗的佳人們換上了春衫，以最
時髦的妝束，將自己打扮得整整齊齊。然下片一句「歡情未足」，
則完全推翻了過節應有的歡樂；所謂：「女為悅己者容」，那
位女子雖也經過一番刻意的裝扮，卻無人欣賞，因此於夜深人
靜之時，不免勾起了傷心恨事，思緒難安；而心所掛念的是那
毫無音訊的情人，只好以頻卜紫姑神（參本文第二章第一節「迎
紫姑」項）來探求消息，一個「頻」字，表現出她內心殷切的
期盼，盼得她眉頭深鎖；接著她又以「斷絃待、鸞膠[14]重續」，
來比喻兩人分隔天涯的無奈；「鸞膠」是難得之物，似乎也暗
喻著再聚的困難。但她還是希望心上的人不要變心，更不要忘
了有「鳳簫[15]人在金谷[16]」癡癡的等他歸來。

---

[14]　漢・東方朔《海內十洲記》載：「鳳麟洲，在西海之中央，地方一千
　　　五百里，洲四面有弱水繞之，鴻毛不浮，不可越也。洲上多鳳麟，數
　　　萬各為群。又有山川池澤，及神藥百種，亦多仙家，煮鳳喙及麟角，
　　　合煎作膏，名之為續弦膠，或名連金泥。此膠能續弓弩已斷之弦，刀
　　　劍斷折之金，更以膠連續之，使力士掣之，它處乃斷，所續之際，終
　　　無斷也。」後以此典指彌補破裂的感情或關係。
[15]　漢・劉向《列仙傳》卷上「蕭史」條載：「蕭史者，秦穆公時人也，

又如朱敦儒〈好事近〉，此詞就內涵意蘊而言，可能寓寄了作者家國之思，但僅就字面來看，是描寫元夜懷人的情景，似乎也可視為一戀情詞看待：

> 「春雨細如塵，樓外柳絲黃溼。風約繡簾斜去，透窗紗寒碧。　美人慵翦上元燈，彈淚倚瑤瑟。卻上紫姑香火，問遼東消息。」（《全宋詞》，頁八五三。）

　　這詞前半闋化景語為情語，「春雨」、「柳絲」象徵著綿綿的餘情及淡淡的愁思，而風透寒碧則是心境上的淒冷。至下片才點出「美人」，然一個「慵」字，說明了她對上元佳節已無賞玩的意緒，心所掛念的，只是想問問紫姑神：那遠去的人可有消息？深情款款，曲盡其妙。[17]

　　所謂：「人不癡狂枉少年。」情感的可貴，是在於那一段刻骨銘心的思念，然而自古多情，偏傷離別，於是痛苦、掙扎、悲哀、傷感，溢滿心房，侵蝕著寸寸情思，與悠悠歲月。詞人

善吹簫，能致孔雀、白鶴於庭。穆公有女字弄玉，好之，公遂以女妻焉。日教弄玉作鳳鳴。居數年，吹似鳳聲，鳳凰來止其屋。公為作鳳臺，夫婦止其上，不下數年，一旦皆隨鳳凰飛去。」後以此典指公主、仙子、美人。

[16] 唐・房玄齡等撰《晉書》卷三十三〈石崇傳〉載：「崇有別館在河陽之金谷，一名梓澤。」後多以「金谷」喻名園。

[17] 據劉大杰《中國文學發展史》第十九章所言：「（朱敦儒）經歷過北宋繁榮時代的最後階段，又目擊身受南渡時代的國破家亡的苦痛。」（臺北：華正書局，1985年6月，頁661。）所以在南渡前，其留下許多浪漫豔冶的詩篇；而南渡後，其作品則多寫禾黍之悲及對故國的懷念。然因此闋〈好事近〉之年代無法確指，僅列於此，聊備一說。大陸學者周篤文、王玉麟認為：「此詞為朱敦儒早期作品，未脫脂粉之色。」（張淑瓊主編：《唐宋詞新賞》，臺北：地球出版社，1990年元月，第8冊，頁230。）

姜夔在元宵節前後，寫了四闋〈鷓鴣天〉詞，述說他在合肥的
情遇，一段不能夠忘懷的感情，恣意深情的表達出人世間共同
的相思與無奈：

> 「巷陌風光縱賞時。籠紗未出馬先嘶。白頭居士無呵
> 殿，只有乘肩小女隨。　　花滿市，月侵衣。少年情事
> 老來悲。沙河塘上春寒淺，看了遊人緩緩歸。」詞題云：
> 「正月十一日觀燈」。（《全宋詞》，頁二一七二。）

> 「憶昨天街預賞時。柳慳梅小未教知。而今正是歡遊
> 夕，卻怕春寒自掩扉。　　簾寂寂，月低低。舊情惟有
> 絳都詞。芙蓉影暗三更後，臥聽鄰娃笑語歸。」詞題云：
> 「元夕不出」。（《全宋詞》，頁二一七二。）

> 「肥水東流無盡期。當初不合種相思。夢中未比丹青
> 見，暗裏忽驚山鳥啼。　　春未綠，鬢先絲。人間別久
> 不成悲。誰教歲歲紅蓮夜，兩處沈吟各自知。」詞題云：
> 「元夕有所夢」。（《全宋詞》，頁二一七三。）

> 「輦路珠簾兩行垂。千枝銀燭舞傞傞。東風歷歷紅樓
> 下，誰識三生杜牧之。　　歡正好，夜何其。明朝春過
> 小桃枝。鼓聲漸遠遊人散，惆悵歸來有月知。」詞題云：
> 「十六夜出」。（《全宋詞》，頁二一七三。）

　　姜夔一生，未入仕途，寓跡江湖，其後居湖州、杭州，往
來吳越間，又曾客游長沙、揚州、合肥諸地。姜夔於合肥所遇，
從他作品中的詞語揣之，似是勾闌中妙擅音樂的倆姊妹，[18]姜

---

[18]　據夏瞿禪〈白石懷人詞考〉載：「丁未（宋孝宗淳熙十四年，西元1187
　　年）元日金陵江上感夢之〈踏莎行〉，有『燕燕輕盈，鶯鶯嬌軟』句，

夔對她們不但情有獨鍾，而且一往情深，他在作品裏，每多反
覆致意。姜夔客居合肥時，屢相往來，而最後分手應在宋光宗
紹熙二年（西元 1191 年）初春。[19]而以上四闋詞則是作於宋寧
宗慶元三年（西元 1197 年），乃懷人最後之作，時姜夔已四十
三、四歲，距最後一次別合肥，已經六年，距二、三十歲初遇
之時，已二十年左右矣；[20]然其離開合肥之日，是正月二十四
日（參註 19），殆由燈節即其別離時節，故歲歲深吟也（以上
參夏瞿禪〈白石懷人詞考〉及《姜白石詞編年箋校‧行實考》
〈合肥詞事〉。）

　　第一闋，作者於十一日就出門預賞燈節，當他看到權貴之
家出門觀燈的氣派時，不禁慨歎自己年華已逝而功名未就，但
接著以「只有乘肩小女隨」一句，來強自寬解。在下片，則是
一幅燈月交輝的景象，然此時勾起的是作者深沉的記憶，是一

　　卷四〈解連環〉有『大喬』『小喬』語，知是姊妹二人。……〈鷓鴣
　　天〉『十六夜出』云：『誰識三生杜牧之』，〈琵琶仙〉云：『有人
　　似舊曲桃根桃葉』，似其人是勾闌妓女。……懷人各詞，多涉及箏、
　　琶，如〈解連環〉云：『為大喬能撥春風，小喬妙移箏，雁啼秋水。』
　　〈江梅引〉云：『寶箏空，無雁飛。』〈浣溪沙〉云：『恨入四絃人
　　欲老』皆是。……知其人妙擅音樂。」
[19]　姜夔〈浣溪沙〉詞：「釵燕籠雲晚不忺。擬將裙帶繫郎船。別離滋味
　　又今年。　　楊柳夜寒猶自舞，鴛鴦風急不成眠。些兒閒事莫縈牽。」
　　此詞題為：「辛亥（宋光宗紹熙二年，西元 1191 年）正月二十四日發
　　合肥。」（《全宋詞》，頁二一七四。）夏瞿禪《姜白石繫年》載：
　　「此後詩詞中遂無合肥蹤跡。」
[20]　據夏瞿禪《姜白石詞編年箋校‧行實考》〈合肥詞事〉載：「白石客
　　游合肥，屢見于其詩詞集，其詞序紀年最早者有詞集卷三丁未年之〈踏
　　莎行〉，乃別淮南後感夢之作，可見客合肥猶在丁未之前；丁未是淳
　　熙十四年（1187），時白石約三十三、四歲。……淳熙三年嘗過揚州
　　作〈揚州慢〉，疑來往江淮間，即在其時，時白石約二、三十歲；〈霓
　　裳中序第一〉所云：『年少浪跡』或即指此。」（收錄於夏瞿禪著：
　　《姜白石詞編年箋校》，臺北：臺灣中華書局，1967 年 12 月，頁 271。）

段「少年情事」，但如今卻是「老來悲」，至此詞人已不能再自我寬解了，只有無奈的「看了遊人緩緩歸」。

　　所以在元宵節當天，詞人怕觸景傷情，不敢再出去了。第二闋前半段以「春寒」來掩飾其內心的脆弱；而後半段，則在抒發自己寂寞的心境。從前的舊情已不復追尋，所留下的只是一些在詩詞篇章中的記載而已。時至三更，他聽到「鄰娃笑語歸」，映襯出自己的落寞傷懷。

　　第三闋，是詞人敘述在元宵節當晚做的一個夢，他以水流的永不止息，暗喻自己無邊無際的濃情摯意。「當初不合種相思」，表面上像是在追悔怨艾，實際上是摧折心肝的相思愁緒。夢中見到的伊人，只有模糊的倩影，但連這依稀的夢境，也被山鳥的啼聲驚醒了。下片起首，詞人因景生情，徒傷老大。但這一段情感卻隨著年歲的增長而加厚、加深，可是詞中卻說：「人間別久不成悲」，這是將當初的激情化為潛藏的內蘊，根植在癡情的歷練之中，所以歲歲年年的元宵燈夕，都是天涯各一方的痛苦思念。

　　第四闋，由於詞人心中纏繞著這份無以排遣的刻骨相思，所以在十六日的晚上，他又出去了，往事歷歷，如在目前，但是此生此情，有誰能曉？有誰能懂？當一切都結束後，只有天上的明月瞭解其心中的寂寞惆悵。

　　人世間的折磨，原來是：易捨處，得捨；難捨處，亦得捨。以上的詞作，一口氣寫盡了情感在挫傷苦難下共有的悲哀，語近情深，委婉淒惻，表現出「情深意篤」的內容特色，在離愁別恨中，自憐緣份，又自惜緣淺。

第三節　酬贈唱和

　　王偉勇《南宋詞研究》曰：「初，文士之製詞，率於酒邊歌筵，其功用端在供歌姬娛賓遣興，此亦酬酢之方也。洎乎脫離酒席，延伸文壇，其功用乃逐步拓展。見於北宋，或應制頌功，⋯⋯或題贈友朋、歌妓、舞者，⋯⋯或即席賦詞助興，⋯⋯或餞送接迎，⋯⋯或以之代書，⋯⋯或以之嘲戲，⋯⋯或以之弔唁，⋯⋯或以之索物，⋯⋯或以之問疾，⋯⋯要皆酬酢之內容也。及至南宋，由於詞體觀念之演進，以文為詞風尚之盛行，故凡詩文所能者，亦以詞為之；因之酬贈內容，除就北宋所既有，加廣運用外，又擴充至其他層面：或以之邀約，⋯⋯或賀人喜慶，⋯⋯或題贈落成，⋯⋯或題跋著作、書畫，⋯⋯皆屬之。」（第三章第九節）而且宋代在政和、宣和以前，及南渡以後，不獨宮庭奢豪享樂，即所謂的士大夫階級，也都過著優游閒適的生活，經常彼此宴會、賞花、品茶、賦詩和慶賀佳節；文人詞客亦多沈迷聲色，並且組成「詞社」，借以切磋寄興，擬賦唱和。所以在兩宋元宵詞裏，每有文人雅士歡聚酬唱之作，有的是有感而發，有的是純粹娛賓祝福、趁韻填詞或應制頌功的應酬作品。茲將這些不同性質的元宵酬贈之作分述如下：

壹、唱和寄情

　　宋・張炎《詞源》卷下「節序」條載：「昔人詠節序，不惟不多，付之歌喉者，類是率俗，不過為應時納祜之聲耳。」又清・周濟《介存齋論詞雜者》云：「北宋有無謂之詞以應歌，南宋有無謂之詞以應社。」但在詞人彼此唱和的元宵詞中，仍不乏因景生情，訴說境遇之作品。如向子諲的〈鷓鴣天〉詞：

> 「紫禁煙花一萬重。鰲山宮闕倚晴空。玉皇端拱彤雲上，人物嬉游陸海中。　　星轉斗，駕迴龍。五侯池館醉春風。而今白髮三千丈，愁對寒燈數點紅。」（《全宋詞》，頁九五七。）

　　此詞題為：「有懷京師上元，與韓叔夏司諫、王夏卿侍郎、曹仲穀少卿同賦。」詞人懷想昔日汴京的政治安定，物阜民豐，而沈醉在歌臺舞榭的逸樂中，但最後以「而今白髮三千丈，愁對寒燈數點紅」兩句，明白指出如今已物換星移，好景不在，因而在上元時節，趁著與好友相聚的時刻，傾洩出滿腔的愁緒。

　　另外，詞人葉夢得（字少蘊，自號石林居士），他是一個很喜歡酬贈和韻的人，其中以和葛勝仲（字魯卿）的詞作最為頻繁。他們是同年進士，私交甚篤，而且兩人個性相近，同樣喜歡山林泉石之勝，所以往返唱和，也都能傳達彼此真摯的感情，與一般應酬敷衍、堆砌辭藻的泛泛之作迥然有別（以上參黃文吉《宋南渡詞人》第四章第二節）。如他的一闋〈江城子〉詞，即是「次韻葛魯卿上元」之作：

「甘泉祠殿漢離宮。五雲中。渺難窮。永漏通宵，壺矢
轉金銅。曾從鈞天知帝所，孤鶴老，寄遼東。　　強扶
衰病步龍鍾。雪花濛。打窗風，一點青燈，惆悵伴南宮。
惟有史君同此恨，丹鳳□，水雲重。」（《全宋詞》，
頁七七○。）

　　葉夢得少年得志，累遷甚速，然在宋徽宗大觀二年（西元
1108 年），因極論士大夫朋黨之弊，得罪蔡京，而在大觀三年，
以龍圖閣直學士知汝州，尋落職，提舉洞霄宮。宋徽宗政和五
年（西元 1115 年），起知蔡州，復龍圖閣直學士；然又因發常
平粟賑民，與楊戩、李彥交惡，尋提舉南京鴻慶宮，自是或廢
或起。[1]在這闋詞裏則發抒了他對當時政治的不滿，以及對自己
遭落職待遇的憤慨，一句「惟有史君同此恨」，可以想見他與

---

[1]　元・脫脫等撰《宋史》卷四百四十五〈文苑傳〉載：「葉夢得字少蘊，
蘇州吳縣人。……（大觀）二年，累遷翰林學士，極論士大夫朋黨之
弊，專於重內輕外，且乞身先眾人補郡。蔡京初欲以童貫宣撫陝西，
取青唐。夢得見京問曰：『祖宗時，宣撫使皆是見任執政，文彥博、
韓絳因此即軍中拜相，未有以中人為之。元豐末，神宗欲命李憲，雖
王珪亦能力爭，此相公所見也。昨八寶恩遽除貫節度使，天下皆知非
祖宗法，此已不可救。今又付以執政之任，使得青唐，何以處之？』
京有慚色，然卒用貫取青唐。」
《宋史》同卷又載：「（大觀）三年，以龍圖閣直學士知汝州，尋落
職，提舉洞霄宮。政和五年，起知蔡州，復龍圖閣直學士。移帥潁昌
府，發常平粟振（賑）民，常平使者劉寄惡之。宦官楊戩用事，寄括
部內，得常平錢五十萬緡，請糴粳米輸後苑以媚戩。戩委其屬持御筆
來，責以米樣如蘇州。夢得上疏極論潁昌地力與東南異，願隨品色，
不報。時旁郡糾民輸鏹就糴京師，怨聲載道，獨潁昌賴夢得得免。李
彥括公田，以點吏告訐，籍郟城、舞陽隱田數千頃，民詣府訴者八百
戶。夢得上其事，捕吏按治之，郡人大悅。戩、彥交怒，尋提舉南京
鴻慶宮，自是或廢或起。」

友人葛勝仲情誼的深厚，而千愁萬緒，一切似乎都已盡在不言中了。

　　而葉夢得的這一闋詞，也引發了其他詞人的次韻。[2]如沈與求〈江城子〉，詞序云：「葛使君書書，有元夕寒廳孤坐之歎。昨日石林寄示所和長短句，輒亦次韻和呈，因以自見窮寂之態。」其詞為：

> 「華燈高宴水精宮。浪花中。意無窮。十載江湖，重綰漢符銅。應有青藜存往事，人縹緲，佩丁東。　　臥聽蕭寺響疏鍾。渡溪風。轉空濛。月上孤窗，鄰唱有漁翁。追念使君清坐久，歌一發，恨千重。」（《全宋詞》，頁九八一。）

　　在「華燈高宴」的上元之夜，詞人的感受卻是「月上孤窗」、而「臥聽疏鍾」，前塵舊事，已縹緲難尋，然詞人說：「應有青藜存往事」，但所留下的只是歲月無情的痕跡，因此不禁「歌一發」而「恨千重」了。

　　此外，毛开的〈江城子〉詞，也是次韻葉夢得之作，詞題云：「和德初燈夕詞，次葉石林韻。」其詞為：

2　據明・徐師曾《文體明辯》卷十六〈和韻詩〉載：「和韻詩有三體：一曰依韻，謂同在一韻中，而不必用其字也；二曰次韻，謂和其原韻，而先後次第皆因之也；三曰用韻，謂有其韻，而先後不必次也。」然我們發現其後沈與求、毛开次韻葉夢得之作，在下半闋所用之韻中，卻和葉夢得原作有不同之處：葉氏用「濛、風、宮」韻，沈氏用「風、濛、翁」韻，毛氏則用「濛、風、翁」韻；此將其不同之處舉出，供作參考。

「神仙樓觀梵王宮。月當中。望難窮。坐聽三通，譙鼓報籠銅。還憶當年京輦舊，車馬會，五門東。　　華堂歌舞間笙鐘。夕香濛。度花風。翠袖得杯，爭勸紫髯翁。歸去不堪春夢斷，煙雨曉，亂山重。」（《全宋詞》，頁一三六五。）

　　詞人在元夕，從眼前的歌舞繁華，追憶當年京師車馬喧闐的盛況，而興起盛衰無常之歎；同時詞人也說出了：「歸去不堪春夢斷」的無奈心聲。

　　以上相互相唱和的元宵詞作，是詞人心有所感，而形之於言，因此仍然可見作者所寄託的情意，和在生活中的歷鍊；這是酬贈之作極難得的內容，也呈現了「真摯平實」的風格。

貳、娛賓祝福

　　宋代是一個講求享樂的朝代，尤其是每逢上元時節，貴族豪門往往邀集嘉賓，歡聚一堂，共慶佳節。然於酒酣耳熱之際，詞人雅士往往借吟詩填詞來排解愁悶，或使賓客歡娛，於是一闋闋用以娛賓遣興的元宵詞，就在酒筵歌席中產生了。如侯寘〈踏莎行〉詞：

「元夕風光，中興時候。東風著意催梅柳。誰家銀字小笙簧，倚闌度曲黃昏後。　　撥雪張燈，解衣貰酒。觚稜金碧聞依舊。明年何處看昇平，景龍門下燈如畫。」（《全宋詞》，頁一四三六。）

　　這詞題為：「壬午元宵戲呈元汝功參議」，應是作於宋高宗紹興三十二年（西元 1162 年），此時正當宋朝南渡之初，然詞人聞說汴京風物依舊，所以認為上元良辰，該是中興時候，而希望明年能於景龍門下，重見昇平。此雖是「戲呈」之作，但卻不減振作人心、排遣意緒的功用。

　　元宵的宴樂，不僅酒餚豐盛、歌舞醉人，主人待客的殷勤美意，更是讓人感動，因此詞人也常藉著詞作，表達出心中的感謝，而使賓主盡歡，和樂融融。如趙長卿〈武陵春〉「上馬宰」一詞：

> 「又是新逢三五夜，瑞氣靄氤氳。萬點燈和月色新。桃李倍添春。　　花縣主人情思好，行樂逐良辰。滿引千鍾酒又醇。歌韻動梁塵。」（《全宋詞》，頁一八二〇。）

　　在這熱鬧歡娛的場面下，亦有趁此時機，藉著元宵詞來預祝他人仕途順遂者；而欣逢良辰佳節，又有好的口彩，何人不歡喜？何人不開懷呢？所以更助長了節日愉快的氣氛。如賈應的〈水調歌頭〉：

> 「晚日浴鯨海，璧月挂鼇峰。不知今夕何夕，燈火萬家同。樓外芙蕖開遍，人在琉璃影裏，語笑隔簾重。對景且行樂，一醉任東風。　　黃堂宴，春酒綠，豔妝紅。文章太守，和氣都在笑談中。正此觥籌交錯，只恐笙歌未散，溫詔促追鋒。來歲傳柑處，侍宴自從容。」（《全宋詞》，頁三五九三。）

　　此詞題為：「呈判府宣機先生乞賜笑覽」，詞人首先陳述燈月交光的金碧輝煌，人們陶醉於燦爛的燈影裏，早已樂不可支，而後太守擺設「黃」堂宴，席中不僅是春酒「綠」，同時還有豔妝「紅」，可見宴會的多彩多姿，及大家盡情暢飲的喧囂熱鬧，最後詞人以「溫詔促追鋒」、「侍宴自從容」，預祝宣機先生能受朝廷眷顧，平步青雲，前途無量。奉承之態，可見一斑。

　　另外，還有以元宵詞來替人祝壽慶生者。如歐陽光祖〈滿江紅〉，詞題云：「壽吳漕，正月十五。」其詞為：

> 「恰則元宵，燦萬燈、星毬如晝。春乍暖、化工未放，十分花柳。和氣併隨燈夕至。一時鍾作人間秀。問煙霄、直上舌含香，文摛繡。　　命世傑，調元手。荊楚地，淹留久。看日邊追詔，印垂金斗。翠竹蒼松身逾健，蛾兒雪竹人如舊。願湘江、捲入玉壺中，為公壽。」（《全宋詞》，頁二〇六一。）[3]

　　在以上娛賓祝福的元宵詞中，雖不見內容深刻的作品，但其在宴饗聚會上所扮演的角色，卻是不容忽視的；而且由於它「揄揚附會」的特色，使得賓主盡歡，人人盡興，達到了元宵酬酢的最大目的。

---

[3]　據唐圭璋《全宋詞》註此詞云：「案此首原題歐慶嗣作。」又於「蛾兒雪竹」下註云：「按『竹』疑『柳』字訛。」

參、趁韻填詞

在文人詞客彼此酬酢贈答間，趁韻填詞是其中最大的特點；詞人往往就韻成句，而不求詞意。以元宵詞觀之，此類作品亦僅是普遍反映當時宴樂的情境，及節令的氣氛而已。如宋徽宗趙佶御製的〈滿庭芳〉詞，即是次韻范致虛於上元觀燈御筵時，所進之〈滿庭芳慢〉，[4]是以詞序云：「上元賜公師宰執觀燈御筵，遵故事也。卿初獲御座，以〈滿庭芳〉詞來上，因俯同其韻以賜。」其詞為：

> 「寰宇清夷，元宵游豫，為開臨御端門。暖風搖曳，香氣靄輕氛。十萬鈞陳燦錦，鈞臺外、羅綺繽紛。歡聲裏，燭龍銜耀，繡藻太平春。　靈鼇，擎綵岫，冰輪遠駕，初上祥雲。照萬宇嬉游，一視同仁。更起維垣大第，通宵宴、調燮良臣。從茲慶，都俞賡載，千歲樂昌辰。」
> （《全宋詞》，頁八九八。）

徽宗這闋詞，極寫上元都城的繁盛，和人民百姓的嬉遊縱樂；並借以標榜政治的清明，及太平安樂的盛世。雖是與臣同樂，實亦自誇其功。

而另一方面，詞人在歌酒宴會當中的即席和韻，可說是典型的酬贈之作。如丘崈〈浣溪沙〉詞：

4　范致虛〈滿庭芳慢〉：「紫禁寒輕，瑤津冰泮，麗月光射千門。萬年枝上，甘露惹祥氛。北闕華燈預賞，嬉遊盛、絲管紛紛。東風峭，雪殘梅瘦，煙鎖鳳城春。　風光何處好，綵山萬仞，寶炬凌雲。盡歡陪舜樂，喜贊堯仁。天子千秋萬歲，微招宴、宰府師臣。君恩重，年年此夜，長祝本嘉辰。」（《全宋詞》，頁六九四。）

「鐵鎖星橋永夜通。萬家簾幕度香風。俊游人在笑聲
中。　　羅綺十行眉黛綠，銀花千炬簇蓮紅。座中爭
看黑頭公。」（《全宋詞》，頁一七五○。）

此詞題為：「即席和徐守元宵」，詞人不僅描繪出繽紛多
彩、旖旎多姿的元夜景象，並且在最後以一句「座中爭看黑頭
公」，來讚歎徐守的少年得志。誇詡唱和，真是不遺餘力。

此外，趁韻之作，還有一和、再和，樂此不疲者。如何澹
的〈滿江紅〉，詞題云：「再和諸人元夕新賦」即是，其詞為：

「樂禁初開，平地聳、海山清絕。千里內、歡聲和氣，
可融霜雪。盛事總將椽筆記，新歌翻入梨園拍。道古來、
南國做元宵，今宵別。　　燈萬碗，花千結。星斗上，
天浮月。向玉繩低處，笙簫高發。人物盡誇長樂郡，兒
童爭慶燒燈節。疑化身、清夢到華胥，朝金闕。」（《全
宋詞》，頁二○二○。）

另外，尚有一特殊而少見的情形，即是作者被迫和韻，出
於無奈，只得勉強為之。如劉辰翁〈金縷曲〉詞：

「燈共牆檠語。記昨朝、芒鞋蓑笠，冷風斜雨。月入宮
槐槐影澹，化作槐花無數。怳不記、鼇頭壓處。不恨揚
州吾不夢，恨夢中、不醉瓊花露。空耿耿，弔終古。　　千
蜂萬蝶為主。悵何人、老憶江南，北朝開府。看取當年
風景在，不待花奴催鼓。且未說、春丁分俎。一曲滄浪
邀吾和，笑先生、尚是邯鄲步。如秉燭，續殘炬。」（《全
宋詞》，頁三二四七。）

此詞題為：「鄉校張燈，賦者迫和，勉強趨韻。」從詞意觀之，作者不但無心賞燈，而且心頭縈繞的是揮之不去的亡國哀痛，所以對賦者不知身為遺民的心酸，卻強邀同和，而不得不說出「笑先生、尚是邯鄲步」之語。這闋詞雖是作者「勉強趨韻」，但與前述諸詞相較，它卻有著更深沉的內涵意蘊。

在趁韻填詞的元宵詞中，一般均呈現出「應聲隨和」的特色。而詞人填詞唱和的目的，有的是為了切磋技巧，有的是在逞才角技，更有的只是單純的彼此贈答，不一而足；但是他們以詞會友的精神，則是永遠不變的。

肆、應制頌功

元宵節在宋代，除了使民間的百姓歡欣鼓舞外，帝王世家對此傳統的節慶更是重視，所以在一片薄海歡騰的慶祝聲中，文人詞客有時不免奉了君王之命，寫下應時應節的詩文。詞人康與之可說是此中的代表，在他的詞集裏有三闋元宵詞，均為應制之作，茲舉其中的〈瑞鶴仙〉詞為例：[5]

「瑞煙浮禁苑。正絳闕春回，新正方半。冰輪桂華滿。

5　茲將康與之其他兩闋應制而作的元宵詞，移錄於下：
　　〈漢宮春〉：「雲海沈沈，峭寒收建章，雪殘鳷鵲。華燈照夜，萬井禁城行樂。春隨鬢影，映參差、柳絲梅萼。丹禁香，鰲峰對聳，三山上通霄廓。　　春衫繡羅香薄。步金蓮影下，三千綽約。冰輪桂滿，皓色冷浸樓閣。霓裳帝羽，奏昇平、天風吹落。留鳳輦、通宵宴賞，莫放漏聲閒卻。」詞題云：「慈寧殿元夕被旨作」。（《全宋詞》，頁一三○四。）
　　〈憶少年令〉：「雙龍燭影，千門夜色，三五宴瑤臺。舞蝶隨香，飛蟬撲鬢，人自蕊宮來。　　太平簫鼓宸居曉，清漏玉壺催。步輦歸時，綺羅生潤，花上月徘徊。」詞題云：「元夕應制」。（《全宋詞》，頁一三○七。）

溢花衢歌市,芙蓉開遍。龍樓兩觀。見銀燭、星毬有爛。捲珠簾、盡日笙歌,盛集寶釵金釧。　堪羨。綺羅叢裏,蘭麝香中,正宜遊翫。風柔夜暖。花影亂,笑聲喧。鬧蛾兒滿路,成團打塊,簇著冠兒鬥轉。喜皇都、舊日風光,太平再見。」(《全宋詞》,頁一三〇四。)

此詞題為:「上元應制」,在整闋詞裏,作者極力鋪陳火樹銀花的元宵夜景,歌舞繁華的熱鬧場面,以及人民縱情享樂的恣意放蕩。甚至說:「喜皇都、舊日風光,太平再見」,粉飾太平的心態顯而易見,難怪南宋有大部分的人,都沈溺於偏安一隅的局勢,而樂不思蜀了。宋‧陳元靚《歲時廣記》卷十一〈上元中‧賞佳詞〉引《本事詞》曰:「康伯可上元應制作〈瑞鶴仙〉,太上皇帝稱賞『風柔夜暖』已下至末章,賜金甚厚。」

除了應制的詞作常是頌揚君德外,有不少的詞人也藉著元宵詞,來歌頌達官貴人的權勢地位和才華德行。如戴復古的〈滿庭芳〉,詞題云:「元夕上邵武王守子文」,其詞曰:

「草木生春,樓臺不夜,團團月上雲霄,太平官府,民物共逍遙。指點江梅一笑,幾番負、雨秀風嬌。今年好,花邊把酒,歌舞醉元宵。　風流,賢太守,青雲志氣,玉樹丰標。是神仙班裏,舊日王喬。出奉板輿行樂,金蓮照、十里笙簫。收燈後,看看丹詔,催入聖明朝。」(《全宋詞》,頁二三一〇。)[6]

在這闋詞裏,詞人以「太平官府,民物共逍遙」,稱讚王守的睿智賢能;而以「青雲志氣,玉樹丰標」,言其才幹

---

[6] 據唐圭璋《全宋詞》註此詞云:「案此首別誤入黃昇《散花庵詞》。」

優異，志向遠大；以「神仙班裏，舊日王喬[7]」，言其受朝廷的看重；更以「出奉板輿行樂」，言其迎養父母的孝心。作者從不同的層面，一再奉承邵武縣太守王子文本身的才能與操守。

另外，還有劉克莊〈滿江紅〉一詞，也是類似之作。詞人次韻徐使君於宋理宗景定四年（西元 1263 年）燈夕所作之詞，來稱頌使君在地方上卓越的治績。其詞曰：

> 「笳鼓春城，處處有、豐年語笑。渾忘卻、金蓮前導，青藜下照。白雪唱來偏寡和，朱顏老去難重少。羨遨頭、四十已專城，真英妙。　奎文寵，崇儒教。田毛喜，寬租詔。有舂陵之什，無潮州表。怪雨盲風稀發作，華星秋月爭光耀。看來年、此夜侍端門，開佳兆。」（《全宋詞》，頁二六一八。）

此詞題為：「次韻徐使君癸亥燈夕」，而我們從「處處有、豐年語笑」、「奎文寵，崇儒教」、「田毛喜，寬租詔」等句，可以很明顯的看出，詞人歌詠讚揚使君的體恤民情，以及對地方貢獻心力的服務精神，而後並以「有舂陵之什，無潮州表」，來寓寄使君宦途的順利。

這種應制頌功的元宵詞，在內容上，都有著「歌功頌德」的特色。然若實有其事，而出言中肯，則不失鼓勵他人的作用；否則流於逢迎獻媚，一味的討好取巧，就不足為法了。

7　據宋・范曄《後漢書》卷八十二上〈方術列傳〉載：「王喬者，河東人也。顯宗也，為葉令。喬有神術，每月朔望，常自縣詣臺朝。帝怪其來數，而不見車騎，密令太史伺望之。言其臨至，輒有雙鳧從東南飛來。於是候鳧至，舉羅張之，但得一隻鳥焉。乃詔尚方診視，則四年中所賜尚書官屬履也。」後以此典形容地方官吏入朝、調任等活動。

第四節　記事詠物

　　張敬〈南宋詞家詠物論述〉（《東吳文史學報》第二號）一文中，將節令詞概括於詠物的範圍；今若將節令詞獨立出來而諦觀之，我們可以發現在節令詞中，實亦包括了記事詠物之作。就一般而言，記事詠物貴在借物以寓性情，亦貴在得風人比興之旨。然此類詞章，有時僅是純粹的描繪形容，或體物之形，狀物之態而已，未必都是有感而作；但其內容普遍呈現較客觀的結構，則是可以肯定的。正如張敬所言：「蓋古之作者，因治亂而感哀樂，因哀樂而為詠歌，因詠歌而成比興。夫言志乃詩人之本性，詠物特詩人之餘事。言志則重在主觀之抒寫，詠物重在客觀的描繪。」（〈南宋詞家詠物論述〉）所以作者對元宵詞，除了主要的記遊寫景、詠懷抒情、酬贈唱和外，還可以用來記載故實、詠物逞巧，使得元宵詞的內容更為充實豐富。故以下即將元宵詞中有關記事詠物之作品，分成兩部分來敘述。

壹、記事

　　在明月高懸、華燈遍照的上元佳節，曾發生過許許多多、大大小小不同的事件；有感人肺腑、動人心絃的愛情故事；也有令人拍案叫絕的妙事。藉由詞人筆下的描述，再現了當時的

情境，千載以下，猶膾炙人口；也為元宵節憑添了浪漫的情調，及無限美好的節令情韻。所以下面擬將兩宋元宵詞中所提到的上元情事，作一探討。

一、破鏡重圓

「破鏡重圓」的故事，是說徐德言與樂昌公主夫婦二人，因國亡而離異，故乃破一鏡，各執其半為信，相約日後於正月十五賣於市，若是有緣，終能相見。據唐‧孟棨《本事詩》〈情感第一〉載：

> 陳太子舍人徐德言之妻，後主叔寶之妹，封樂昌公主，才色冠絕，時陳政方亂，德言知不相保，謂其妻曰：「以君之才容，國亡，必入權豪之家，斯永絕矣，儻情緣未斷，猶冀相見，宜有以信之。」乃破一照，人執其半，約曰：「他日必以正月望日，賣於都市，我當在，即以是日訪之。」及陳亡，其妻果入越公楊素之家，寵嬖殊厚。德言流離辛苦，僅能至京，遂以正月望日，訪於都市；有蒼頭賣半照者，大高其價，人皆笑之；德言直引至其居，設食，具言其故，出半照以合之，乃題詩曰：「照與人俱去，照歸人不歸，無復嫦娥影，空留明月輝。」陳氏得詩，涕泣不食，素知之，愴然改容，即召德言，還其妻，仍厚遺之。聞者無不感歎，仍與德言、陳氏偕飲，令陳氏為詩，曰：「今日何遷次，新官對舊官，笑啼俱不敢，方驗作人難。」遂與德言歸江南，竟以終老。

秦觀〈調笑令〉，即吟詠了此則故事：

「輦路。江楓古。樓上吹簫人在否。菱花半璧香塵汙。往日繁華何處。舊歡新愛誰是主。啼笑兩難分付。」（《全宋詞》，頁四六五。）

其前並有〈樂昌公主〉詩曰：

「金陵往昔帝王州。樂昌主第最風流。一朝隋兵到江上，共抱悽悽去國愁。越公萬騎鳴簫鼓。劍擁玉人天上去。空攜破鏡望紅塵，千古江楓籠輦路。」（《全宋詞》，頁四六四。）

所謂：「患難見真情」，德言與樂昌公主兩人情感的歷久彌堅，予人深刻的感動。然而劉辰翁的〈虞美人〉詞，卻借這則故事，寫出了顛沛流離的身世之感，並寓寄了家國滅亡的深沉哀痛。其詞曰：

「徐家破鏡昏如霧。半面人間露。等閒相約是看燈。誰料人間天上、似流星。　　朱門簾影深深雨。憔悴新人舞。天涯海角賞新晴。惟有橋邊賣鏡、是閒行。」（《全宋詞》，頁三二一八。）

此詞題為：「揚州賣鏡，上元事也，用前韻。」故在上半闋，雖只有短短數句，詞人卻交待了整個故事的梗概；而人世的滄桑，局勢的驟變，都是難以預料的。如今家國覆亡，流徙困頓，雖身處天涯海角，總寄望著能夠重見天日。可是「惟有橋邊賣鏡、是閒行」，賣鏡者為尋求兩面半鏡的復合，故索價

甚高，而乏人問津；就如同詞人空懷著救國的理想，而請纓無路。其〈寶鼎現〉詞亦曾提到：「看往來、神仙才子。肯把菱花撲碎。」（《全宋詞》，頁三二一四。）那些「神仙才子」，不肯正視亡國的命運，沒有面對現實的勇氣，就更別說謀求復國之道了。

二、竊取金杯

「竊取金杯」是發生在元宵節的一件趣事，宋朝宣和年間，上元張燈，准許士女縱觀，各賜杯酒。有一女子竊匿所飲金杯，被衛士發現，押至御前，她急中生智，口吟詩詞，徽宗聞之大悅，以金杯賜之，且命衛士送歸。據《大宋宣和遺事》亨集載：

> 是夜鰲山腳下人叢閙裏，忽見一箇婦人吃了御賜酒，將金杯藏在懷裏，喫光祿寺人喝住：「這金盞是御前寶玩，休得偷去！」當下被內前等子拿住這婦人，到端門下。有閤門舍人且將偷金盃的事，奏知徽宗皇帝。聖旨問取因依，婦人奏道：「賤妾與夫婿同到鰲山下看燈，人閙里與夫相失。蒙皇帝賜酒，妾面帶酒容，又不與夫同歸，為恐公婆怪責，欲假皇帝金盃歸家與公婆為照。臣妾有一詞上奏天顏，這詞名喚〈鷓鴣天〉：

> 「月滿蓬壺燦爛燈，與郎攜手至端門。貪觀鶴笙歌舉，不覺鴛鴦失卻群。　　天漸曉，感皇恩；傳賜酒，臉生春。歸家只恐公婆責，也賜金盃作照憑。」[1]

---

[1] 據清·萬樹《詞律》卷八所載：〈鷓鴣天〉詞牌為五十五字；上半闋

徽宗覽畢，就賜金盞與之。當有教坊大使曹元寵奏道：
「適來婦人之詞，恐是伊夫宿構此詞，騙陛下金盞。只
當押婦人當面命題，令他撰詞。做得之時，賜與金盞；
做不得之時，明正典刑。」帝准奏，再令婦人做一詞。
婦人請命題。準聖旨，令將金盞為題，〈念奴嬌〉為調。
女子領了聖旨，口占一詞道：

「桂魄澄輝，禁城內、萬盞花燈羅列。無限佳人穿繡徑，
幾多妖豔奇絕。鳳燭交光，銀燈相射，奏簫韶初歇。鳴稍
響處，萬民瞻仰宮闕。　　妾自閨門給假，與夫攜手，共
賞元宵。誤到玉皇金殿砌，賜酒金杯滿設。量窄從來，紅
凝粉面，尊見無憑說。假王金盞，免公婆責罰臣妾。」[2]

徽宗見了此詞，大悅，不許後人攀例，賜盞與之。[3]

第三句，及下半闋第三句，均為七字句。然此詞上半闋第三句為：「貪
觀鶴笙歌舉」，下半闋第三句為：「傳賜酒，臉生春」，均是六字句，
與原詞律不符。

[2]　據清・萬樹《詞律》卷十六所載：〈念奴嬌〉又一體，下半闋第二句
　　為五字句，末句則為六字句。然此詞之第二句及末句為：「與夫攜手」、
　　「免公婆責罰臣妾」，分別為四字句及七字句，與原詞律不符。
　　又唐圭璋《全宋詞》載竊杯女子〈念奴嬌〉詞（頁三八四八），其中
　　「共賞元宵」句作「共賞元宵節」，而「鳴稍響處」作「鳴鞘響處」。

[3]　宋・銅陽居士《復雅歌詞》於「万俟詠」條下，亦有類似之記載：「万
　　俟雅言作〈鳳皇枝令〉，憶景龍先賞。序曰：『景龍門，古酸棗門也，
　　自左掖門之東，為夾城南北道，北抵景龍門。自臘月十五日放燈，縱都
　　人夜遊。』婦人遊者，珠簾下邀住，飲以金甌酒。有婦人飲酒畢，輒懷
　　金甌。左右呼之，婦人曰：『妾之夫性嚴，今帶酒容，何以自明，懷此
　　金甌為證耳。』隔簾聞笑聲曰：『與之。』其詞曰：『人間天上。端樓
　　龍鳳燈先賞。傾城粉黛月明中，春思蕩。醉金甌仙釀。　　一夜鶯鴣北
　　向。舊時寶座應蛛網。遊人此際客江鄉，空悵望。夢連昌清唱。』」。

在唐圭璋《全宋詞》中，以「竊杯女子」為名，載有二闋相關詞作，一闋即《大宋宣和遺事》中所錄之〈念奴嬌〉；另一闋則為〈鷓鴣天〉，與《大宋宣和遺事》所錄之內容類似，但在詞句上稍有不同，其詞為：

> 「燈火樓臺處處新。笑攜郎手御街行。回頭忽聽傳呼急，不覺鴛鴦兩處分。　　天表近，帝恩榮。瓊漿飲罷臉生春。歸來恐被兒夫怪，願賜金杯作證明。」（《全宋詞》，頁三八四八。）

據唐圭璋《全宋詞》所言：「（宋徽宗）宣和六年（1124年）元宵，放燈賜酒，一女子藏其金杯。」這闋詞或即是此時所作。上片，詞人先述說元夕燈火燦爛，熱鬧非凡，夫婦二人被擁擠人群沖散的情形；下片則寫其竊取金杯的緣由。在此詞中，她是說：「歸來恐被兒夫怪」，然我們從其他的記載中，可以看到她的另一個理由是：「歸家只恐公婆責」。其實這兩個理由，應該都是她所恐懼的，否則一名小女子，怎麼會有如此大的勇氣敢「竊取金杯作證明」。

此外，蘇軾〈少年遊〉（《全宋詞》，頁三二四。）是敘述於正月望日「迎請紫姑」的事情，也應屬於上元記事之作，但本文在第二章第一節「迎紫姑」部分，已做過介紹，茲不贅述。總之，記事的元宵詞，為上元佳節留下了一則則的佳話，也為歷史留下了紀錄，讓人咀嚼詠歎，回味無窮；而「通俗曉暢」的風格，是其特色所在。

（万俟詠，字雅言）。此詞亦收錄於唐圭璋《全宋詞》，頁八〇八。

貳、詠物

清‧俞琰〈詳註分類詠物詩選原序〉說：「故詠物一體，……其佳者往往擬諸形容，象其物宜，不即不離，而繪聲繪影。」亦即要運用敏銳的觀察力及想像力，對事物的特性，作深刻的描繪。兩宋元宵詞中的詠物之作，雖不見幽隱含蓄，寄託情志者；也無使事用典，擬人比況者。但以「詠圓子」為主題，則是少見的新題材，故以下列舉三闋詞為例：

> 「驕雲不向天邊聚，密雪自飛空。佳人纖手，霎時造化，珠走盤中。　六街燈市，爭圓鬥小，玉碗頻供。香浮蘭麝，寒消齒頰，粉臉生紅。」（史浩〈人月圓〉，《全宋詞》，頁一二七二。）

> 「玉屑輕盈，鮫綃霎時鋪遍。看仙娥、騁些神變。咄嗟間，如撒下、真珠一串。火方然，湯初滾、盡浮鍋面。　歌樓酒壚，今宵任伊索喚。那佳人、怎生得見。更添糖，拚折本、供他幾碗。浪兒門，得我這些方便。」（史浩〈粉蝶兒〉，《全宋詞》，頁一二七二。）

> 「翠杓銀鍋饗夜遊。萬燈初上月當樓。溶溶琥珀流匙滑，璨璨蠙珠著面浮。　香入手，煖生甌。依然京國舊風流。翠娥且放杯行緩，甘味雖濃欲少留。」（王千秋〈鷓鴣天〉，《全宋詞》，頁一四七三。）

首先我們看到的是搓圓子的情形：「玉屑輕盈，鮫綃霎時

鋪遍」、「佳人纖手，霎時造化，珠走盤中」；接著是將圓子
送入鍋中：「咄嗟間，如撒下、真珠一串」；而後是煮圓子：
「火方然，湯初滾、盡浮鍋面」、「溶溶琥珀流匙滑，璨璨蠙
珠著面浮」；最後則是吃圓子：「香入手，煖生甌」、「更添
糖，拚折本、供他幾碗」、「爭圓鬥小，玉碗頻供。香浮蘭麝，
寒消齒頰，粉臉生紅」。這幾闋詞生動而完整的描述出圓子從
製造、下鍋到入口的整個過程（以上參黃文吉《宋南渡詞人》
第三章第六節）。

　　其次，每逢元宵節，婦女均有在頭上插戴飾物的習俗（詳
參本文第二章第三節「婦女頭飾」項），所以侯寘〈清平樂〉，
詞題云：「詠橄欖燈毬兒」，就是吟詠婦女的頭飾之一；而表
現出燈毬製作的精巧，和插在髮上的風韻。其詞曰：

　　　「縷金剪綵。茸縮同心帶。整整雲鬟宜簇戴。雪柳鬧蛾
　　難賽。　　休誇結實炎州。且看指面纖柔。試問苦人滋
　　味，何如插鬢風流。」（《全宋詞》，頁一四三○。）

　　此外，五光十色、燦爛耀眼的煙火，也是詞人吟詠的題材。
如詹無咎〈鵲橋仙〉：

　　　「龜兒吐火。鶴兒銜火。藥線上、輪兒走火。十勝一斗
　　七星毬，一架上、有許多包裹。　　梨花數朵。杏花數
　　朵。又開放、牡丹數朵。便當場好手路歧人，也須教、
　　點頭咽唾。」（《全宋詞》，頁三四一五。）[4]

---

[4]　據唐圭璋《全宋詞》所註：此詞「一架上、有許多包裹」及「便當場
　　好手路歧人」兩句，各多一字。

　　此詞題為：「題煙火簇」，詞人從點燃引線開始描述，而直寫到綻放出各式各樣的花炮煙火，令人讚歎。

　　所以元宵詞的詠物之作，是以應景之物為題材，各極其妍，各盡其態，表現出「巧妙生動」的風格；同時在小小的物件上，也反映出了元宵節令的情事與傳統習俗。

第四章　兩宋元宵詞之寫作技巧

　　內容與形式，是任何作品都不可或缺的兩項要素。徒有形式，而內容空洞，固然不足為法；但一味的著重內容而忽略形式，亦非佳作。因此，形式上的寫作技巧，須經過作者匠心巧思的佈局，以烘托出作品內容的特點，及作者所欲表達的意境，俾使兩者相輔相成，方為佳構。

　　本文在第三章中，已對兩宋元宵詞之內容做過分析；而此章則將探討兩宋元宵詞之寫作技巧，並擬從情景襯托、對比手法、常用典故和常用詞調等四個方面來說明。由其中所呈現出的謀篇之法，使事用典的安排，和詞調的選用情形，探討兩宋元宵詞的藝術特色。

第一節　情景襯托

　　所謂「襯托」，是文學技巧的一種，指著力於背景、旁側物象及氣氛之渲染，使主體突出的方法。而詞之主體，不外言情、寫景二途。明・謝榛《四溟詩話》卷四曰：「詩乃模寫情景之具，情融乎內而深且長，景耀乎外而遠且大。」所以「情」、「景」二事，構成了詩詞的內涵意蘊；然在章法結構的安排上，

卻有著先後、主從的分別。如清・李漁《窺詞管見》云：「詞雖不出情景二字，然二字亦分主客。情為主，景是客，說景即是說情，非借物遣懷，即將人喻物。有全篇不露秋毫情意，而實句句是情，字字關情者。切勿泥定即景承物之說，為題字所誤，認真做向外面去。」（第九則）因而兩宋元宵詞中，「情」和「景」相互間的關係，與彼此間的襯托，可以從兩個部分來探討：一、寓情於景；二、因景生情。茲分述於後：

壹、寓情於景

　　「寓情於景」，在詞作的表現上，是以描繪景物為主，而實際上則是將情感寄託於景物之中，所謂：「不言情而情自見」。王國維《人間詞話》曰：「昔人論詩詞，有景語、情語之別；不知一切景語皆情語也。」（刪稿，「景語皆情語」條。）所以在元宵詞裡，作者常藉由熱鬧歡慶的場面，發抒內心深沉的感歎；同時在上元風物的背後，傾訴出無奈的心聲。如蘇軾〈蝶戀花〉詞：

> 「燈火錢塘三五夜。明月如霜，照見人如畫。帳底吹笙香吐麝。此般風味應無價。　　寂寞山城人老也。擊鼓吹簫，乍入農桑社。火冷燈稀霜露下。昏昏雪意雲垂野。」（《全宋詞》，頁三〇〇。）[1]

---

[1]　詞中「此般風味應無價」一句，清・朱孝臧《彊邨叢書》本作「更無一點塵隨馬」。

　　此詞題為：「密州上元」。上半闋，作者是從追念昔日杭州的上元美景著筆。下半闋則是敘說今日身處寂寞山城──密州的元宵情景。一面是「帳底吹笙香吐麝」的無價風味，另一面卻是「火冷燈稀霜露下」的昏昏雪意。作者將環境的驟變，及目前處境的艱困，寓寄在景物之中；而「人老也」，是其在心力交瘁、無奈無助的情況下，所發出的歎息。

　　另外像辛棄疾〈青玉案〉，亦是此類作品典型的代表作：

　　　「東風夜放花千樹。更吹落、星如雨。寶馬雕車香滿路。
　　　鳳簫聲動，玉壺光轉，一夜魚龍舞。　　蛾兒雪柳黃金縷。
　　　笑語盈盈暗香去。眾裡尋他千百度。驀然迴首，那人卻在，
　　　燈火闌珊處。」（《全宋詞》，頁一八八四。）[2]

　　詞人首先敘述「花千樹」、「星如雨」、「魚龍舞」之繁盛燦爛的上元景致，而後在「寶馬雕車」、「蛾兒雪柳黃金縷」的人群裡，苦苦尋覓一位美人的蹤影。至此乍看全篇，彷彿純粹是形容元夜出遊所見；但從字裡行間中細細品味，可以發現那位美人是作者之自況，他是自憐幽獨，而別有懷抱。

　　又如蔣捷〈齊天樂〉，詞題云：「元夜閱《夢華錄》[3]」，也是從描述元宵時節的景物，來寓寄個人的情懷，而將主要的感情附麗於景。其詞曰：

---

[2]　據唐圭璋《全宋詞》註此詞云：「案此首別誤作姚進道詞，見《歷代詩餘》卷四十四。」又「燈火闌珊處」句，「燈火」二字據元刊本補。

[3]　《夢華錄》應是指宋‧孟元老的《東京夢華錄》，此書著成於南宋初期的紹興十七年（西元 1147 年），內容追寫北宋的都城汴梁，所記大多是宋徽宗崇寧到宣和（西元 1102〜1125）年間的情況。

「銀蟾飛到舮棱外，娟娟下窺龍尾。電紫鞘輕，雲紅筬
曲，雕玉輿穿燈底。峰繒岫綺。沸一簇人聲，道隨竿媚。
侍女迎鑾，燕嬌鶯妊炫珠翠。　　華胥仙夢未了，被天
公潝洞，吹換塵世。淡柳湖山，濃花巷陌，惟說錢塘而
已。回頭汴水。望當日宸遊，萬□□□。但有寒蕪，夜
深青燐起。」（《全宋詞》，頁三四四八。）

此詞上半闋起首，形容元月十五的月色皎潔明媚，銀光瀉
地；然後描寫人間帝王鑾駕出巡之盛大壯觀的景象；這是詞人
於《夢華錄》中所見之想像情景。在下半闋則以「天公潝洞」
的虛空混沌，來比喻塵世的替換；今日的錢塘，是「淡柳湖山，
濃花巷陌」的好風光，而淪陷的汴京卻已成了「但有寒蕪，夜
深青燐起」之地。全詞雖以景物為主，但此詞題為：「元夜閱
《夢華錄》」，間接透露了詞人對故國的懷念，一句「華胥仙
夢未了」，有不盡的遺恨在其中，而末兩句的「寒蕪」、「青
燐」，雖是形容寒涼頹廢的荒地，但卻予人毛骨悚然的感覺，
這同時也反映了詞人心境上的淒涼。然而昔日之盛況不再，唯
有藉著文字的記載，來重織美夢，只可惜好夢難圓。於是詞人
將其深摯的情感，全然埋藏在上元的景致中。

再者，同樣的景況，會因為人情緒的起伏，及喜、怒、哀、
樂的轉變，而有不同的體會與感受。心境佳時，所見之物均為
樂景；反之，則多為哀景。由此來看詞人在作品中的表現，可
窺探其內心的思緒。如汪元量〈傳言玉女〉：

「一片風流，今夕與誰同樂。月臺花館，慨塵埃漠漠。
豪華蕩盡，只有青山如洛。錢塘依舊，潮生潮落。　　萬

點燈光，羞照舞鈿歌箔。玉梅消瘦，恨東皇命薄。昭君淚流，手撚琵琶絃索。離愁聊寄，畫樓哀角。」（《全宋詞》，頁三三三九。）

在宋恭帝德祐二年（西元 1276 年），元軍攻陷臨安，俘幼主與太后北去，整個宋室王朝已岌岌可危。而詞人汪元量，度宗時以善琴出入宮掖，元兵入城，賦詩悲愴；頃之，從三宮北去，流滯燕京甚久（參清·萬斯同《宋季忠義錄》卷十四）。此詞題為：「錢塘元夕」，依詞意來看，或即是作於德祐二年之元夕；然面對著家國覆亡的離恨，與盛況衰敗的蕭索，作者於臨行前，自不免感慨萬千。所以前半闋描寫一樣的青山，一樣的潮水，一樣美好的元宵時節，但一切都已「豪華蕩盡」；昔日繁華的月臺花館，如今卻是塵埃漠漠，令人不勝歔欷。而後半闋，則以玉梅的消瘦憔悴，東皇的無力回春，以及昭君的悲傷愁怨，寫出內心滿腹的心酸與苦痛。整闋詞中，作者藉著錢塘元夕的景色，抒發出興亡之感與遺民之悲，意境深遠，哀感動人。

劉慶雲《詞話十論》〈寫作論〉「情景」項引近代沈澤棠《懺庵詞話》曰：「詞有淡遠取神，只描寫景物而情致自在言外，此為高手。」因而這種將情感融入景物之中——「寓情於景」的元宵詞，表面上所呈現的是元宵時節的景致，而詞人深刻的情感，則須讀者細心的體察方能掌握。

貳、因景生情

「因景生情」，在詞篇的內容上，是以表現情感為主，而景只是達情的媒介。雖然寫景僅是抒情的手段，但若完全捨景言情，則恐失之淺率直白，而了無蘊藉。故清‧吳衡照《蓮子居詞話》卷二曰：「言情之詞，必藉景色映托，迺具深宛流美之致。」清‧李漁《窺詞管見》亦曰：「作詞之料，不過情景二字，非對眼前寫景，即據心上說情，說得情出，寫得景明，即是好詞。」（第八則）因此，若分析兩宋元宵詞之表現方式，可以發現有先敘景而後言情者，詞人從周遭的景物中來凝聚氣氛，激發情感，使情感隨著景物自然流露。如惠洪〈青玉案〉：

> 「凝祥宴罷聞歌吹。畫轂走，香塵起。冠壓花枝馳萬騎。馬行燈鬧，鳳樓簾捲，陸海鼇山對。　　當年曾看天顏醉。御杯舉，歡聲沸。時節雖同悲樂異。海風吹夢，嶺猿啼月，一枕思歸淚。」（《全宋詞》，頁七一三。）[4]

詞中，作者一句「時節雖同悲樂異」，將景物分成悲與樂兩個部分。上片極寫元宵歡遊宴樂的情景；而下片則以「海風」、「猿啼」、「夢」與「月」，來襯托思歸的傷懷；很明顯的表現出心境上悲和樂的差異。

又如曾覿〈清商怨〉：

---

[4]　據唐圭璋《全宋詞》註此詞云：「案此首又見《樂府雅詞‧拾遺》卷上，無撰人姓名。」

「華燈鬧。銀蟾照。萬家羅幕香風透。金尊側。花顏色。醉裡人人，向人情極。惜惜惜。　　春寒峭。腰肢小。鬢雲斜嚲蛾兒裊。清宵寂。香閨隔。好夢難尋，雨蹤雲跡。憶憶憶。」（《全宋詞》，頁一三一六。）

　　此詞上半闋前五句，詞人以「燈」、「月」、「羅幕」、「金尊」、「花」，來表達其所「惜」；而下半闋則以「腰肢」、「鬢雲」、「蛾兒」、「香閨」，來表達其所「憶」。作者以不同的景物，分別牽引出「惜」與「憶」兩種情懷，並分別連用了三個疊字，來加強語氣。他如：

「春雨細如塵，樓外柳絲黃溼。風約繡簾斜去，透窗紗寒碧。　　美人慵翦上元燈，彈淚倚瑤瑟。卻上紫姑香火，問遼東消息。」（朱敦儒〈好事近〉，《全宋詞》，頁八五三。）

「海霞倒影，空霧飛香，天市催晚。暮麗宮梅，相對畫樓簾捲。羅襪輕塵花笑語，寶釵爭豔春心眼。亂簫聲，正風柔柳弱，舞肩交燕。　　念窈窕、東鄰深巷，燈外歌沈，月上花淺。夢雨離雲，點點漏壺清怨。珠絡香銷空念往，紗窗人老羞相見。漸銅壺，閉春陰、曉寒人倦。」詞題云：「上元」。（吳文英〈倦尋芳〉，《全宋詞》，頁二九二三。）

「雪銷未盡殘梅樹。又風送、黃昏雨。長記小紅樓畔路。杵歌串串，鼓聲疊疊，預賞元宵舞。　　天涯客鬢愁成縷。海上傳柑夢中去。今夜上元何處度。亂山茅屋，寒

鑪敗壁，漁火青熒處。」詞題云：「用辛稼軒元夕韻」。
（劉辰翁〈青玉案〉，《全宋詞》，頁三二〇六。）

上述之元宵詞，均是用前景後情的手法，使景中有情，來
凸顯內心的情緒，喚起心中的感懷。

此外，元宵詞在因景生情方面，尚有另外一種表現方式，
則是先言情而後敘景，詞人將情感導入景物，而使情意無限。
如馬子嚴〈臨江仙〉：

> 「人意舒閒春事到，徐徐弄日微雲。翠鬟飛繞鬧蛾群。
> 煙橫沽酒市，風轉落梅村。　　歲事一新人半舊，相逢
> 際晚醺醺。花間亭館柳間門。剗除風雨外，排日醉紅裙。」
> （《全宋詞》，頁二〇六九。）

此詞題為：「上元」，可分成上下兩片來看。上半闋首句，
詞人道出了春天來臨的舒閒意緒；而後數句，則以翠鬟鬧蛾和
風吹落梅來形容春到，又以「徐徐弄日微雲」、「煙橫沽酒市」，
來表達閒適之情。接著在下半闋也是先說情後寫景，詞人因歲
時的推移，感歎年華的逝去；而最後再以「花間亭館柳間門」、
「排日醉紅裙」之景作結，來體現及時行樂、良宵莫負的心情。

又如韓淲〈浣溪沙〉：

> 「分付心情作上元。不知投老在林泉。誰將村酒勸舴
> 船。　　月影靜搖風柳外，霜華寒浸雪梅邊。醉攲烏
> 帽忽醒然。」（《全宋詞》，頁二二六〇。）

此詞題為：「元夕」，上半闋言情，下半闋寫景。上片，
詞人主要是表達自己投老林泉，而逢元宵佳節，於是借酒遣懷。

下片，詞人則是借景物來烘托，首二句是描繪其所歸隱之林泉，而末句「醉敧烏帽忽醒然」，是對上片「不知」二字的回應，詞人雖言「不知」，實則內心了然。全詞以生動的筆觸，傳達無盡的情趣，耐人品味。他如：

> 「誰見江南憔悴客，端憂懶步芳塵。小屏風畔冷香凝。酒濃春入夢，窗破月尋人。」詞題云：「都城元夕」。（毛滂〈臨江仙〉下半闋，《全宋詞》，頁六九一。）

> 「今年元夕。探盡江梅，都無消息。草市梢頭，柳莊深處，雪花如席。」詞題云：「元宵何高士說京師舊事」。（張孝祥〈柳梢青〉上半闋，《全宋詞》，頁一六九八。）

> 「憶得當年全盛時。人情物態自熙熙。家家簾幕人歸晚，處處樓臺月上遲。　　花市裡，使人迷。州東無暇看州西。都人只到收燈夜，已向樽前約上池。」詞題云：「上元詞」。（無名氏〈鷓鴣天〉，《全宋詞》，頁三六六八。）

以上諸例，緣情寫景，使元宵詞中的「意」與「境」，能夠妙合無間，和諧自然。

明‧謝榛《四溟詩話》卷三曰：「作詩本乎情景，孤不自成，兩不相背。……夫情景有異同，模寫有難易，詩有二要，莫切於斯者。觀則同於外，感則異於內，當自用其力，使內外如一，出入此心而無間也。景乃詩之媒，情乃詩之胚，合而為詩，以數言而統萬形，元氣渾成，其浩無涯矣。」所以元宵詞對情、景的安排，不論是前景後情，或前情後景，都是以「情」、

「景」的互相配合，追求情境交融的境界，使景因情而具有生意，情因景而流露韻致。

第二節 對比手法

　　所謂「對比」，是把兩種不同的事物、觀念或情況，互相比較對照，如黑與白、大與小；而使其特徵能夠更加明顯，印象能夠更為深刻，是一種很常用的修辭技巧或法則。王熙元〈詞的對比技巧初探〉一文，將唐宋詞人在作品中所運用的各種對比技巧，析分為十二項，[1]並把對比的結構或技巧的安排，分成六種方式：「一是安排在雙調詞的上片與下片；二是長調詞同片可分若干節，而對比可能安排在相鄰的上下二節，或相錯的前後二節；三是同片的上半與下半；四是對句的上下聯；五是散句的上下句；六是同句的上半與下半。」（《古典文學》第二集）因而依據上述所提供之方式，將兩宋元宵詞中所運用的對比手法，加以分析探討，可以歸納出盛衰對比、時空對比與感覺對比等三種技巧方法。茲分述於後：

壹、盛衰對比

　　世間的一切現象，有開始即有結束，有興盛也必有衰敗。在元宵詞中，常見詞人以昔日上元熱鬧歡樂的盛況，來對比今

---

[1]　此十二項分別是：時空的對比、今昔的對比、晝夜的對比、遠近的對比、高下的對比、情景的對比、動靜的對比、人物的對比、感覺的對比、色彩的對比、明暗的對比、虛實的對比。（王熙元〈詞的對比技巧初探〉，《古典文學》第二集，1980 年 12 月，頁 241—284。）

日的冷落蕭條；尤其是當宋朝南渡之後，北方淪陷，汴京已不
復昔日的繁盛，詞人傷今感昔，每於元宵詞中表現出明顯的盛
衰對比。如閻蒼舒〈水龍吟〉：

> 「少年聞說京華，上元景色烘晴畫。朱輪畫轂，雕鞍
> 玉勒，九衢爭驟。春滿鼇山，夜沈陸海，一天星斗。
> 正紅毬過了，鳴鞘聲斷，迴鸞馭、鈞天奏。　　誰料
> 此生親到，十五年、都城如舊。而今但有，傷心煙霧，
> 縈愁楊柳。寶籙宮前，絳霄樓下，不堪回首。願皇圖
> 早復，端門燈火，照人還又。」（《全宋詞》，頁一
> 七二四。）

此詞上半闋，是描寫作者聞說舊日汴京上元繁華熱鬧的景
況；而下半闋則是敘述十五年後，作者親到故地之所見，[2]無論
宮前樓下，均是一幅令人不堪回首的景象。作者前所聽聞的是
「朱輪畫轂」、「春滿鼇山」；而後所看到的卻是「傷心煙霧」、
「縈愁楊柳」；一盛一衰，形成強烈的對比效果；多少的感慨
與嗟歎，盡在其中。

另一方面，盛衰對比的手法於元宵詞中的運用，亦有僅單
純的在於比較對照上元之夜，當歡樂結束後的冷清情景，及相
聚之後必須分離的不堪。如曾覿〈南柯子〉詞：

> 「璧月窺紅粉，金蓮映綵山。東風絲管滿長安。移下十
> 洲三島、在人間。　　兩兩人初散，厭厭夜向闌。倦妝

---

[2]　宋・劉昌詩《蘆浦筆記》卷十「上元詞」項載：「蜀人閻侍郎（蒼舒）
　　使北，過汴京，賦〈水龍吟〉。」其中「十五年、都城如舊」句，《蘆
　　浦筆記》作：「五十年、都城如舊。」

殘醉怯春寒。手撚玉梅無緒、倚闌干。」（《全宋詞》，
頁一三二二。）

此詞題為：「元夜書事」。在上片詞人描繪出一個「金蓮
映綵山」、「絲管滿長安」的人間仙境；而下片詞人則以「初
散」、「厭厭」、「倦妝」、「殘醉」、「春寒」、「無緒」
等衰頹不振的景象，與之對比，非常明顯的表現出情境上的差
異，與盛衰狀況的不同。他如：

> 「雙闕中天，鳳樓十二春寒淺。去年元夜奉宸游，曾侍
> 瑤池宴。玉殿珠簾盡卷。擁群仙、蓬壺閬苑。五雲深處，
> 萬燭光中，揭天絲管。　　馳隙流年，恍如一瞬星霜換。
> 今宵誰念泣孤臣，回首長安遠。可是塵緣未斷。謾惆悵、
> 華胥夢短。滿懷幽恨，數點寒燈，幾聲歸雁。」詞題云：
> 「上元有懷」。（張掄〈燭影搖紅〉，《全宋詞》，頁
> 一四一○。）

> 「輦路珠簾兩行垂。千枝銀燭舞傲傲。東風歷歷紅樓
> 下，誰識三生杜牧之。　　歡正好，夜何其。明朝春過
> 小桃枝。鼓聲漸遠遊人散，惆悵歸來有月知。」詞題云：
> 「十六夜出」。（姜夔〈鷓鴣天〉，《全宋詞》，頁二
> 一七三。）

> 「麗花鬥靨，清麝滅塵，春聲遍滿芳陌。竟路障空雲幕，
> 冰壺浸霞色。芙蓉鏡，詞賦客。競繡筆、醉嫌天窄。素
> 娥下，小駐輕鑣，眼亂紅碧。　　前事頓非昔，故苑年
> 光，渾與世相隔。向暮巷空人絕，殘燈耿塵壁。淩波恨，

簾戶寂。聽怨寫、墮梅哀笛。佇立久，雨暗河橋，譙漏
疏滴。」詞題云：「夷則商，吳門元夕。」（吳文英〈應
天長〉，《全宋詞》，頁二八八七。）

以上諸例，詞人經由上下片的安排，從元宵盛衰情境的對
比中，強烈的表達了對過去盛況不再的惆悵與惋惜，也間接流
露出了不勝今昔之感。

貳、時空對比

人生存的宇宙，是由時間與空間交織而成。因此兩宋元宵
詞，即藉由時間的改變及空間的轉換，來產生對比的作用；而
在時間、空間的對映下，烘托出節令的氣氛，表現出詞作的特
色。故以下先就側重於時間對照的元宵詞，來分析其對比的運
用。如無名氏〈瀟湘靜〉詞：

「畫簾微捲香風逗。正明月、乍圓時候。金盤露冷，玉
爐篆消，漸紅鱗生酒。嬌唱倚繁絃，瓊枝碎、輕迴雲袖。
風臺歌短，銅壺漏永，人欲醉、夜如晝。　因念流年
迅景，被浮名、暗辜歡偶。人生大抵，離多會少，更相
將白首。何似猛尋芳，都莫問、積金過斗。歌闌宴闋，
雲窗鳳枕，釵橫麝透。」（《全宋詞》，頁三六五六。）

這詞上片是描寫元夜的時光，一開始就先點出，此時是明
月「乍圓」時候，然後以「金盤露冷」、「玉爐篆消」兩句，
形容時間慢慢的推移，最後再以「風臺歌『短』」、「銅壺漏

『永』」，與「人欲醉、『夜』如『晝』」之一短一長，一暗一明的相互對比，來凸顯人對時間的感覺。而下片則是敘說人生的時光，感歎人常被浮名羈絆，聚少離多，轉眼間卻已年華老大；作者以「流年迅景」與「相將白首」來相呼應，不禁使人驚覺光陰的匆匆與無情。然就整闋詞來看，上下兩片分別是從不同的角度，以一夜的時間來對比一生的時間。

　　另外，在元宵詞中，詞人也常以所在空間的不同，來形成兩相對比的技巧，以強調空間的轉變對情境的影響。如周密〈甘州〉：

　　　　「漸萋萋，芳草綠江南，輕暉弄春容。記少年遊處，簫聲巷陌，燈影簾櫳。月暖烘鑪戲鼓，十里步香紅。欹枕聽新雨，往事朦朧。」（上半闋，《全宋詞》，頁三二八九。）

　　此詞題云：「燈夕書寄二隱」。作者由盎然的春意，牽引出對往事的懷思。所以起首即以萋萋芳草綠的「江南」，來對比少年遊處的「簫聲巷陌」；而後又以「『十里』步香紅」來與「『欹枕』聽新雨」相比。詞中很明顯的在一廣一狹，一遠一近的對比中，產生空間的轉換，使詞的意境隨著芳草無盡的延伸，然又因欹枕聽雨而回到了身旁近處。

　　黃永武《中國詩學‧設計篇》提到：「在一首詩裏，時間與空間，永遠是互為賓主地並存著的，絕對寫時間或空間的例子不會很多。」（〈詩的時空設計〉：「時空的分設」項。）元宵詞亦不例外，故透過時間、空間之交錯對比，更能顯現出人情景物的變化，而產生深刻鮮明的印象。如王庭珪〈醉花陰〉：

「紅塵紫陌春來早。晚市煙光好。燈發萬枝蓮，華月光
中，天淨開蓬島。　　老人舊日曾年少。年少還須老。
今夕在天涯，燭影星橋，也似長安道。」（《全宋詞》，
頁八二一。）[3]

　　就全詞來看，起首「春來『早』」與「『晚』市煙光」，
是時間早晚、虛實的對比，然從中使詞人興起了好景不常的感
慨，而發出「年少還須老」的歎息。接著作者又在「少」和「老」
的對比中，產生人在天涯的傷懷；但足堪慰藉的是，此地元夕
熱鬧的場面，可以媲美遠在他方的京城。詞人以虛寫的空間「天
涯」，來對比實指的地方「長安」，由時間的相比引領出空間
的對映，而將時空溶合的對比技巧，表現得十分妥貼。他如：

「去年元夜時，花市燈如畫。月到柳梢頭，人約黃昏
後。　　今年元夜時，月與燈依舊。不見去年人，淚
滿春衫袖。」（歐陽修〈生查子〉，《全宋詞》，頁
一二四。）[4]

「紅蓮開遍吳宮。華燈小試房櫳。」（曹勛〈清平樂〉，
《全宋詞》，頁一二二八。）

---

[3]　唐圭璋《全宋詞》於「晚市煙光」下註云：「吳本作『花』，茲從毛
本。」

[4]　據唐圭璋《宋詞互見考》載：「案此首歐陽修詞，見《歐陽文忠公近
體樂府》，又見《樂府雅詞》。曾慥錄詞特慎，《雅詞》序云：『當
時小人或作豔曲，謬為公詞，今悉刪除。』此闋適在選中，其為歐詞
明甚。汲古閣《詩詞雜俎》錄入朱淑真《斷腸詞》，非是。毛本《六
一詞》註云：『或刻秦少游。』亦非。」（收錄於唐圭璋著：《詞學
論叢》，上海：上海古籍出版社，1986 年 6 月，頁 403。）又唐圭璋
《全宋詞》註云：「方回《瀛奎律髓》卷十六又引『月上柳梢頭』句
以為李清照作，亦誤。」

「城中也是幾分燈。自愛城山堂上、兩三星。」（劉辰翁〈虞美人〉，《全宋詞》，頁三二一八。）

「春悄悄，春雨不須晴。天上未知燈有禁，人間轉似月無情。村市學簫聲。」詞題云：「元宵」。（劉辰翁〈望江南〉，《全宋詞》，頁三一八六。）

「春意滿南國，花動雪明樓。千坊萬井，此時燈火隘追遊。十里寒星相照，一輪明月斜掛，縹緲映紅毹。共嬉不禁夜，光彩遍飛浮。」詞題云：「上元郡集」。（毛开〈水調歌頭〉上半闋，《全宋詞》，頁一三六〇。）

上述諸例，分別以時、空對比的手法，表現出元宵節令的特色，而使上元的風物、情趣，更具韻致。

參、感覺對比

王熙元於〈詞的對比技巧初探〉曰：「詞中的情境，是透過作者對外界景物或內心情意的感覺，而以文字為媒介，組合為某種意象所形成的。」然人對外界景物的感覺，大致是由不同感官產生的視覺、聽覺、嗅覺、觸覺等經驗所構成。詞人藉由這種經驗，運用於元宵詞中，從其間相互的比較對照，凸顯出上元節令獨特的景致與意趣。如沈蔚〈傾盃〉：

「梅英弄粉。尚淺寒、臘雪消未盡。布綵箔、層樓高下，燈火萬點，金蓮相照映。香徑縱橫，聽畫鼓、聲聲隨步緊。漸宵漢無雲，月華如水，夜久露清風迅。　　輕車

趁馬，微塵雜霧，帶曉色、綺羅生潤。花陰下、瞥見仍回，但時聞、笑音中香陣陣。奈酒闌人困。殘漏裏、年年餘恨。歸來沈醉何處，一片笙歌又近。」（《全宋詞》，頁七〇八。）

此詞上半闋起首，是描寫梅花的嬌豔動人，然因尚有些微的寒意，所以雪還沒有完全的溶化；作者在前後兩句視覺意象的組合中，穿插了對氣候的觸覺。而後詞人分別再從視覺所見的燈火、金蓮，與聽覺所聽到的畫鼓聲，來相互對照，呈現出了元夜的繁盛熱鬧。下半闋，詞人敘述乘坐著車馬，徹夜縱遊；而在花陰下的驚鴻一瞥，是眼光迅速掠過的視覺印象。接下一句「但時聞、笑音中香陣陣」，則包含了聽覺與嗅覺；「聞」字也非常技巧的綰合了「笑音」與「香陣陣」兩種感覺意象。最後詞人以醉聽漏聲和笙歌，來表現借酒澆愁的傷懷；顯然是以聽覺作結，表達了心中的淒清與無奈。全詞上下兩片分別以不同的感官功能，表達出視、聽、嗅、觸等不同的感覺，並以對比的手法，造成顯著的感覺效果，而使意象更為鮮明。

其次，人內心情意的感覺，是由喜、怒、哀、懼、愛、惡、欲等不同的情緒所構成，而情緒的好壞，自然支配影響著元宵遊賞的興致，詞人即將這種感覺，用對比的方法，安排在元宵詞中。如張綱〈清平樂〉：

「紅蓮照晚。花底明人眼。無限游人誰惜倦。只有衰翁心懶。　笙歌緩引更籌。更闌客散添愁。香霧半窗幽夢，煙波千里歸舟。」（《全宋詞》，頁九二四。）

　　此詞題為：「上元」。所以在前半闋，詞人以元夕耀眼的燈火，描述游人盡情徜徉遊賞的歡樂心情，但是卻只有老翁意態闌珊。「誰惜倦」與「衰翁心懶」，一樂一憂形成強烈的對比。而後半闋，則續寫夜深人散後，更憑添愁緒，而此愁懷是因思歸所引發；且在「愁」與「欲」的相互對映下，加深了詞人的傷感。

　　另外，在元宵詞中，也常見詞人將外界景物的感覺，與內心情意的感覺，交相對比，使上元的意境更為靈動感人。如曾覿〈傳言玉女〉：

> 「鳳闕龍樓，清夜月華初照。萬點星毬，護花梢寒峭。華胥夢裏，老去歡情終少。花愁醉悶，總消除了。　　紫陌嬉遊，不似少年懷抱。珠簾十里，聽笙簫聲杳。幽期密約，暗想淺顰輕笑。良時莫負，玉山頻倒。」（《全宋詞》，頁一三一四。）

　　此詞上半闋是以「月華初照」、「萬點星毬」之視覺，與「護花梢寒峭」的觸覺，來對比「老去歡情終少」的哀，和花間醉裏的愁與悶。這種對比，同時亦是外界景物的感覺，和人內心情意感覺的相比。下半闋，首句言「紫陌嬉遊」，本應是歡樂之情，但詞人接著以「不似少年懷抱」之哀感，推翻了上句的情緒，而後以「笙簫聲杳」之聽覺，感歎時光的流逝。然往日幽期密約的美好日子，如今只有空留回憶了；「淺顰」、「輕笑」四字，則分屬於視覺和聽覺。最後詞人以「良時莫負」，強調宜及時行樂，隱含了強顏歡笑的無奈。詞人在前後內心情意的感覺中，安排了視、聽兩種對外界景

物的感覺，使之彼此交疊相對，而形成了較為複雜的對比關係。他如：

> 「壺天不夜，寶炷生香，光風蕩搖金碧。月瀲冰痕，花外峭寒無力。歌傳翠簾盡卷，誤驚回、瑤臺仙跡。禁漏促，拼千金一刻，未酬佳夕。」詞題云：「上元」。（高觀國〈聲聲慢〉上半闋，《全宋詞》，頁二三五八。）

> 「良宵無意貪遊玩。奈鄰友、閒呼喚。六街非是少人行，不似舊時風範。笙歌零落，綺羅銷減，枉了心情看。　思量往事堪腸斷。怕頻到、簾兒畔。朦朧月下卻歸來，指望阿誰收管。低頭注定，兩汪兒淚，百計難銷遣。」詞題云：「燈夕戲成」。（張鎡〈御街行〉，《全宋詞》，頁二一三四。）

> 「十日春風，又一番調弄，怕暖愁陰。夜來風雨，搖得楊柳黃深。熏篝未斷，夢舊寒、淺醉同衾。便是聞燈見月，看花對酒驚心。」詞題云：「元夕」。（彭元遜〈漢宮春〉上半闋，《全宋詞》，頁三三一三。）

　　上述諸詞，均是分別由人之外在和內在的感覺意象組合而成，並透過對比技巧的安排運用，將元宵詞的內涵意蘊更形彰顯，令人反覆詠歎，回味無窮。

第三節　常用典故

　　所謂「典故」，就是「據事以類義，援古以證今。」（梁‧劉勰《文心雕龍》卷八〈事類〉篇）是一種充實作品內容，修飾文章辭句的寫作技巧。然詞之用典，或用史事，或引成辭，而要不離乎代替。因此關於使事用典之內容蓋有二：一為用語典，一為用事典。所謂「語典」，係指引用前人詩文現成的語句入詞。至其引用之方式，則有兩種：(一)原句借用；(二)化用前人語句，或倒裝、增損其詞語。另外，所謂「事典」，指的是把歷史故實提煉成句用入詞中，以此來影射時事，或表達思想，抒發感情。其運用的方式，則有三種：(一)實用：實寫人事物之掌故；(二)虛用：未予具體敘述，僅取以自況；(三)虛實交用：是借他人酒杯，澆胸中塊壘。然用典者，最忌堆垛餖飣，獺祭而成，否則不僅空無內容，且晦澀難解，其弊甚鉅。但若能托得住、撐得起、化得開、流得動，[1]則不僅能避免語詞之繁累，且能曲盡事理，表達委婉寄託之情。因而宋‧張炎《詞源》卷下「用事」條曰：「詞用事最難，要體認著題，融化不澀。……用事，不為事所使。」（以上參王偉勇《南宋詞研究》第三章

---

[1]　據王偉勇《南宋詞研究》第三章第八節載：「鄭師因百於講述『宋詩專題研究及討論』課程時，曾有明確指示：『用典須有四個條件：一要托得住，即內容、氣韻夠重、夠奔放；二要撐得起，即與情調溶化在一起；三要化得開，即活用，不能死用；四要流得動，即不阻礙文氣，恰似活水，非一灘死水也。』」（臺北：文史哲出版社，1987年9月），頁200－201。

第八節、陳弘治《詞學今論》第十五〈用典〉及陳振寰《讀詞常識》第五〈詞的用典〉。）

　　故依據上述使事用典的方式與原則，來看兩宋元宵詞中典故運用的情形，並加以分析整理，可以歸納出一些元宵詞常用的典故。茲舉例如下：

例一：將正月十五日的都城勝會與美景喻為仙境，用「蓬萊」、「蓬壺」、「蓬瀛」、「蓬島」、「蓬山」典。

　　出處：

　　　1. 周・列禦寇《列子》卷五〈湯問〉篇載：「渤海之東，不知幾億萬里，有大壑焉，實惟無底之谷，其下無底，名曰歸墟。八紘九野之水，天漢之流，莫不注之，而無增減焉。其中有五山焉：一曰岱輿、二曰員嶠、三曰方壺、四曰瀛洲、五曰蓬萊。其山高下周旋三萬里，其頂平處九里，山之中間相去七萬里，以為鄰居焉；其上臺觀皆金玉，其上禽獸皆純縞，珠玗之樹皆叢生華實，皆有滋味，食之皆不老。所居之人皆仙聖之種，一日一夕，飛相往來者，不可數焉。」

　　　2. 漢・司馬遷《史記》卷二十八〈封禪書〉載：「自威、宣、燕昭使人入海求蓬萊、方丈、瀛洲。此三神山者，其傅在渤海中，去人不遠；患且至，則船風引而去。蓋嘗有至者，諸僊（仙）人及不死之藥皆在焉。其物禽獸盡白，而黃金銀為宮闕。未至，望之如雲；及到，三神山反居水下；臨之，風輒引去，終莫能至云。」

　　　3. 晉・王嘉《拾遺記》卷一〈高辛〉篇載：「三壺

則海中三山也。一曰方壺，則方丈也；二曰蓬壺，則蓬萊也；三曰瀛壺，則瀛洲也，形如壺器。」

用例：

1. 「萬年春未老，更帝鄉日月蓬萊。從仙仗，看星河銀界，錦繡天街。」（趙仲御〈瑤臺第一層〉，《全宋詞》，頁五四四。）[2]

2. 「霜瓦樓臺，參差似與，蓬壺相接。」（劉一止〈醉蓬萊〉，《全宋詞》，頁七九五。）

3. 「龍樓一點玉燈明。簫韶遠，高宴在蓬瀛。」（趙佶〈小重山〉，《全宋詞》，頁八九八。）[3]

4. 「燈發萬枝蓮，華月光中，天淨開蓬島。」（王庭珪〈醉花陰〉，《全宋詞》，頁八二一。）

5. 「青旆搖風，朱簾漏月黃昏早。蓬山萬疊忽蜚來，上有千燈照。」（程珌〈燭影搖紅〉，《全宋詞》，頁二二九四。）

例二：形容燈彩堆疊成一座山，像傳說中的巨鼇形狀，用「鼇山」、「鼇峰」典。

出處：

此典故亦見周・列禦寇《列子》卷五〈湯問〉篇載：「渤海之東，……其中有五山焉，……而五山之根，無所連著，常隨潮波，上下往還，不得

2　據唐圭璋《全宋詞》註此詞云：「案此首別又誤作趙與御詞，見《詞譜》卷二十五。」

3　據唐圭璋《全宋詞》註此詞云：「案此首亦見話本楊思溫〈燕山逢故人〉。話本所引多出附會。如《花草粹編》此詞亦出自話本，此首或非徽宗作。」

暫峙焉。仙聖毒之，訴之於帝。帝恐流於西極，失群聖之居，乃命禺彊，使巨鼇十五舉首而戴之，迭為三番，六萬歲一交焉。五山始峙而不動。」

用例：

1. 「十里然絳樹。鼇山聳、喧天簫鼓。」（柳永〈迎新春〉，《全宋詞》，頁一七。）

2. 「鼇山高聳翠。對端門、珠璣交製。」（袁綯〈撒金錢〉，《全宋詞》，頁九八六。）

3. 「況對峙、鼇峰贔屭，不隔蓬萊弱水。」（史浩〈寶鼎現〉，《全宋詞》，頁一二六九。）

4. 「鼇峰溯碧，貝闕緣雲，桂魄寒光射。」（陳允平〈解語花〉，《全宋詞》，頁三一二五。）

例三：描寫元宵遊樂、觀燈、宴飲之地，用「十二樓臺」典。借指華美樓閣。

出處：

1. 漢・班固《漢書》卷二十五下〈郊祀志〉載：「方士有言黃帝時為五城十二樓，以候神人於執期，名曰迎年。」

　　唐・顏師古註引應劭曰：「昆侖玄圃五城十二樓，仙人之所常居。」

2. 漢・桓驎〈西王母傳〉載：「所居宮闕，在龜山春山，西那之都，崑崙之圃，閬風之苑，有城千里，玉樓十二，瓊華之闕，光碧之堂，九層玄室，紫翠丹房，左帶瑤池，右環翠水。」（《魏晉小說大觀》卷一）

用例：

1. 「鳳樓十二神仙宅。珠履三千鵷鷺客。」（柳永〈玉樓春〉，《全宋詞》，頁二〇。）

2. 「澄澄素娥宮闕。醉西樓十二，銅漏催徹。」（吳文英〈六醜〉，《全宋詞》，頁二九三五。）

3. 「一天和氣轉春寒。千門萬戶笙簫裏，十二樓臺月上欄。」（無名氏〈鷓鴣天〉，《全宋詞》，頁三六六八。）

例四：形容元夕燈火通明，照耀黑夜，用「燭龍」典。

出處：

《山海經》卷十七〈大荒北經〉載：「西北海之外，赤水之北，有章尾山。有神，人面蛇身而赤，直目正乘，其瞑乃晦，其視乃明，不食，不寢，不息，風雨是謁。是燭九陰，是謂燭龍。」[4]

用例：

1. 「歡聲裏，燭龍銜耀，黼藻太平春。」（趙佶〈滿庭芳〉，《全宋詞》，頁八九八。）

2. 「春到皇居景晏溫。冰輪駕玉上祥雲。燭龍銜耀九重門。」（曹勛〈浣溪沙〉，《全宋詞》，頁一二二〇。）

3. 「看承處，有燭龍照夜，鐵鳳連天。」（魏了翁

---

[4] 燭龍又稱為燭陰。《山海經》卷八〈海外北經〉載：「鍾山之神，名曰燭陰，視為晝，瞑為夜，吹為冬，呼為夏，不飲，不食，不息，息為風，身長千里。在無臂之東。其為物，人面，蛇身，赤色，居鍾山下。」（附圖（十六））

〈元夕行燈轎上賦洞庭春色呈劉左史〉，《全宋
詞》，頁二三八○。）

**例五：形容元宵夜間的燈景，或形容得到高人的傳授與特別的
眷顧，用「青藜」典。**

出處：

晉‧王嘉《拾遺記》卷六〈前漢〉下篇載：「劉
向與成帝之末，校書天祿閣，專精覃思。夜有老
人，著黃衣，植青藜杖，登閣而進，見向暗中獨
坐誦書。老父及吹杖端，煙然，因以見向，說開
闢已前。向因受《洪範五行》之文，恐辭說繁廣
忘之，乃裂裳及紳，以記其言。至曙而去，向請
問姓名。云：『我是太一之精，天帝聞金卯之子
有博學者，下而觀焉。』乃出懷中竹牒，有天文
地圖之書，『余略授子焉』。」

用例：

1. 「太一行春，青藜照夜，夜色明如水。」（連仲
宣〈念奴嬌〉，《全宋詞》，頁九八七。）

2. 「心期休卜紫姑神，文章曾照青藜杖。」（楊无
咎〈踏莎行〉，《全宋詞》，頁一一九八。）

3. 「渾忘卻、金蓮前導，青藜下照。」（劉克莊〈滿
江紅〉，《全宋詞》，頁二六一八。）

例六：喻指夢境或借指心目中的理想國度、境界，用「華胥」典。

出處：

周‧列禦寇《列子》卷二〈黃帝〉篇載：「（黃
帝）晝寢而夢，遊於華胥氏之國。華胥氏之國，

在弇州之西，台州之北，不知斯齊國幾千萬里，
蓋非舟車足力之所及，神游而已。其國无師長，
自然而已。其民无嗜慾，自然而已。不知樂生，
不知惡死，故无夭殤；不知親己，不知疏物，故
无愛僧；不知背逆，不知向順，故无利害；都无
所愛惜，都无所畏忌。入水不溺，入火不熱。斫
撻无傷痛，指擿无痟癢。乘空如履實，寢虛若處
床。雲霧不礙其視，雷霆不亂其聽。美惡不滑其
心，山谷不躓其步，神行而已。黃帝既寤，怡然
自得，召天老、力牧、太山稽，告之曰：『朕間
居三月，齋心服形，患有以養身治物之道，弗獲
其術。疲而睡，所夢若此。今知至道不可以情求
矣。朕知之矣，朕得之矣，而不能以告若矣。』
又二十有八年，天下大治，幾若華胥氏之國。」

用例：

1. 「分明一覺華胥夢，回首東風淚滿衣。」（趙鼎
   〈鷓鴣天〉，《全宋詞》，頁九四四。）

2. 「疑此身、清夢到華胥，朝金闕。」（何澹〈滿
   江紅〉，《全宋詞》，頁二○二○。）

3. 「華胥仙夢未了，被天公潠洞，吹換塵世。」
   （蔣捷〈齊天樂〉，《全宋詞》，頁三四四八。）

例七：寫上元時候宮中宴飲，或入朝為官，用「傳柑」典。

出處：

參本文第二章第三節「傳柑侍宴」項。

用例：

1. 「沙堤此去，傳柑侍宴，天上風流。」（侯寘〈朝

中揸〉，《全宋詞》，頁一四三五。）

2.「想明年更好，傳柑侍宴，醉扶猊座。」（劉褒
〈水龍吟〉，《全宋詞》，頁二一二三。）

3.「三呼聲裏，君王萬壽，歲歲傳柑笑語。」（吳
潛〈永遇樂〉，《全宋詞》，頁二七五一。）

例八：寫元宵節前後准許百姓整夜通行，不加禁止，用「金吾不禁」或「放夜」典。

出處：

參本文第二章第三節「金吾放夜」項。

用例：

1.「鬧市裏、看燈去，喜金吾、不禁夜深。」（無
名氏〈戀繡衾〉，《全宋詞》，頁三六七八。）

2.「因念都城放夜。望千門如畫，嬉笑游冶。」
（周邦彥〈解語花〉，《全宋詞》，頁六〇八。）

3.「報道依然放夜，何妨款曲行春。」（張炎〈風
入松〉，《全宋詞》，頁三五一〇。）

例九：凡寫問禍福、探消息，用「紫姑」典。

出處：

參本文第二章第一節「迎紫姑」項。

用例：

1.「應卜紫姑神，問歸期、相思望斷。」（歐陽修
〈驀山溪〉，《全宋詞》，頁一四二。）

2.「卻上紫姑香火，問遼東消息。」（朱敦儒〈好
事近〉，《全宋詞》，頁八五三。）

3.「悵望歸期，應是紫姑頻卜。」（胡浩然〈萬年
歡〉，《全宋詞》，頁三五三六。）

第四節 常用詞調

詞是配合音樂的詩歌，因此每闋詞都有其所屬的曲調、音律、節奏，這就是「詞調」。關於詞調的來源，歷來學者多所論述，一般而言，大約可分為以下六個方面：

(一)**來自民間**：唐宋兩代，民間作新聲者甚眾，有些曲調因文人愛好，填作詞調，得到普遍流傳。例如〈竹枝〉，原是長江中上游民歌。

(二)**來自外域或邊地**：唐時西域音樂大量傳入，它的某些曲調也隨著到處流行，而被採作詞調。如〈婆羅門〉，原是印度樂曲。另外，唐五代有些詞調還以邊地為名，表明它們的曲調來自邊州。如〈甘州〉、〈涼州〉等。

(三)**創自教坊、大晟府等音樂機構**：唐宋兩代都設有教坊，管理音樂、歌唱、舞蹈等事務。如〈望江南〉、〈浣溪沙〉等，都是教坊曲。宋徽宗時又設立大晟府負責朝廷音樂，審定古調、制訂新譜。如〈徵招〉、〈角招〉者，即是大晟府所制的調曲。

(四)**創自樂工歌妓**：樂工歌妓以音樂為專業，他們比一般詞人更懂得樂理樂律，有些還能制調作曲。由樂工制調的，如〈雨淋鈴〉；由歌妓制調的，如〈喝馱子〉。

(五)**摘自大型歌舞曲和其他樂曲**：詞調中有「摘遍」一類，即從大曲、法曲等唐宋大型歌舞曲中，摘取其美聽而

又可以獨立的一遍，單譜單唱。如〈水調歌頭〉出於
大曲〈新水調〉；〈法曲獻仙音〉出於法曲〈霓裳羽
衣舞〉等。也有來自其他樂曲的，如〈醉翁操〉就來
自〈琴曲〉。

(六) **來自詞人創制的新曲：**唐宋詞人中有不少懂得音律樂
理的，他們能自製新曲，配以歌詞。如周邦彥的〈瑣
窗寒〉，姜夔的〈暗香〉、〈疏影〉等。

（以上參吳熊和《唐宋詞通論》第三章第一節、馬興榮《詞
學綜論》上編第二〈詞調〉、陳振寰《讀詞常識》第三〈詞
的格律〉及唐圭璋主編《唐宋詞鑑賞辭典》附錄一：〈讀
詞常識・詞調〉等。）

然詞調始於唐，而大備於宋。王易《詞曲史》第六〈構律〉
篇曰：「詞初無調也，唐初樂府，五七言律詩而已，中葉以還，
漸變為長短句，則詞調生焉。逮宋則制作紛起，調日以繁。詞
之體益大，詞之法益密矣。由是調有定格，字有定數，韻有定
聲。後人括調為譜，按譜填詞之事，於是乎起。」詞的形式，
由晚唐、五代至宋初，是小令獨盛的時期。至宋仁宗時，由於
柳永的創作，詞曲由小令進入長調的階段。及周邦彥出，由於
他精通音樂，又得到提舉大晟府的機會，而從事審音調律的工
作，使宋詞達到律度嚴整的階段。宋・張炎《詞源》卷下序曰：
「古之樂章、樂府、樂歌、樂曲，皆出於雅正。粵自隋、唐以
來，聲詩間為長短句。至唐人則有《尊前》、《花間》集。迄
於崇寧，立大晟府，命周美成諸人討論古音，審定古調，淪落
之後，少得存者。由此八十四調之聲稍傳。而美成諸人又復增
演慢曲、引、近，或移宮換羽，為三犯、四犯之曲，按月律為

之，其曲遂繁。」但當宋朝南渡之後，樂譜散失頗多，於是音律
之講求與歌曲之傳習，不再屬於伶工歌妓，而歸之於清客詞人和
貴家所蓄的家姬，因此與民間新聲斷絕了聯繫，於是詞調的來
源，僅剩下少數音律家作自度曲一途了。其中詞人姜夔，一面能
創製新譜，一面又能改正舊調；他自製的新譜，除註明宮調外，
並於詞旁，載明工尺譜，成為流傳至今唯一完整的宋代詞樂文
獻。然而，詞至北宋其體始尊，至南宋其用益大。辛棄疾諸家的
愛國詞，把詞的思想藝術推向新的高度，姜夔等的自度曲也為南
宋詞樂增添聲色。但從詞調發展上來說，不能不承認北宋為極盛
時期，南宋則出現了停滯趨勢，最後在南北新興樂曲的競賽下，
趨向衰落。（以上除引文外，參吳熊和《唐宋詞通論》第三章第
五節及劉大杰《中國文學發展史》第十八、十九章。）

　　詞調與文情有密切的關係，故填詞首重於選調。清·謝章
鋌《賭棋山莊詞話》卷三「填詞宜選調」條載：「填詞亦宜選
調，能為作者增色，如詠物宜〈沁園春〉，敘事宜〈賀新郎〉，
懷古宜〈望海潮〉，言情宜〈摸魚兒〉、〈長亭怨〉等類，各
取其與題相稱，輒覺辭筆兼美，雖難拘以一律，然此亦倚聲家
一作巧處也。」但時至今日，唐宋詞的歌法久已失傳，而各個
曲調所表現之情感為何？亦無從確知。陳滿銘〈詞調與聲情〉
一文指出，可經由四個途徑推見：(一)辨明詞調所屬的宮調；(二)
參考前人零星的記載；(三)探究前人作品的文情；(四)勘審詞調
特殊的形式。（《學粹》第十七卷，第五、六期。）[1]所以某些
詞調，仍有其所屬的特殊性質，是不容混淆的。

---

[1]　龍沐勛〈研究詞學之商榷〉（《詞學季刊》第一卷第四號）、夏承燾
　　《作詞法》，均曾提起相關的問題，可參酌。

　　在兩宋元宵詞三百餘闋中，總共就用了一百多種詞調，作品數量在六闋以上者，歸納出來，約有十二種。以下則依序列出此十二種之調名、作家人數、作品總數、各個詞家及其作品數量等，[2]由此來探討兩宋元宵詞的常用詞調：

1. 〈鷓鴣天〉：二十人，四十闋。[3]

　　葉夢得（1）、陳克（1）、朱敦儒（1）、趙鼎（1）、向子諲（1）、曾覿（1）、趙彥端（1）、王千秋（2）、趙磻老（2）、張孝祥（1）、丘崈（1）、何澹（1）、張鎡（1）、姜夔（4）、郭應祥（1）、鄒應龍（1）、魏了翁（2）、葛長庚（1）、無名氏（15）、竊杯女子（1）。

　　〈鷓鴣天〉詞調之名，是取古人詩句中語，係出自鄭嵎詩：「春遊雞鹿塞，家在鷓鴣天。」（清‧毛先舒《填詞名解》卷一）

　　「鷓鴣」為樂調名，許渾〈聽歌鷓鴣〉詩：「南國多情多豔詞，鷓鴣消怨繞梁飛。」鄭谷〈遷客〉詩：「舞夜聞橫笛，可堪吹鷓鴣？」又《宋史》卷一百三十一〈樂志〉引姜夔言：「今大樂外，……有曰〈夏笛〉、〈鷓鴣〉……，沈滯抑鬱，腔調含糊，失之太濁。」故「鷓鴣」似為一種笙笛類之樂調，詞名或與〈瑞鷓鴣〉同取義於此。（懶散道人《白香詞譜箋譜合編》卷四）

---

[2]　此排列之方法順序，係參考黃文吉《宋南渡詞人》第三章第十節（臺北：臺灣學生書局，1985年5月，頁96-101）。

[3]　其中一闋〈鷓鴣天〉（御路東風拂翠衣），作者張鎡，又別作史達祖；（《全宋詞》，頁二一四一、二三四五。）此暫列入張鎡名下，僅以一人一詞計算。又「無名氏」及「竊杯女子」亦分別當一人計算。其後詞調人數、闋數之統計均依此例。

2. 〈浣溪沙〉：十人，十二闋。

蘇軾（2）、毛滂（1）、陳克（1）、曹勛（1）、王千秋（1）、丘崈（1）、姜夔（1）、韓淲（2）、劉鎮（1）、吳潛（1）。

〈浣溪沙〉，唐教坊曲名。又敦煌卷子內有〈浣溪沙〉之舞譜，其為舞曲可知。（張夢機《詞律探原》第四章）

3. 〈永遇樂〉：五人，八闋。

李清照（1）、王之望（1）、趙磻老（1）、吳潛（3）、劉辰翁（2）。

晁無咎題名〈消息〉，註云：「自過腔。」（清・萬樹《詞律》卷十八）

〈永遇樂〉，歇拍調也。唐杜秘書工小詞，鄰家有小女名酥香，凡才人歌曲悉能吟諷，尤喜杜詞，遂成踰墻之好。後為僕所訴，杜竟流河朔，臨行述〈永遇樂〉詞訣別，女持紙三唱而死，第未知此調創自杜與否？（清・毛先舒《填詞名解》卷三）

4. 〈寶鼎現〉：七人，七闋。

范周（1）、史浩（1）、趙長卿（1）、石孝友（1）、吳潛（1）、陳允平（1）、劉辰翁（1）。

漢・班固等撰《東觀漢記》卷二「顯宗孝明皇帝」條載：「（永平）六年，廬江太守獻寶鼎，出王雒山。」班固〈東都賦〉云：「寶鼎見兮色紛緼」（梁・蕭統《文選》卷一），調名取此。（清・毛先舒《填詞名解》卷三）

5. 〈清平樂〉：七人，七闋。

毛滂（1）、張綱（1）、呂渭老（1）、曹勛（1）、
史浩（1）、侯寘（1）、施乘之（1）。

〈清平樂〉，唐教坊曲。蓋古樂有三調，曰〈清調〉、
〈平調〉、〈側調〉。明皇但令李白就上兩調中傅聲
製詞，故名〈清平調〉詞。（清・毛先舒《填詞名解》
卷四）

唐・李濬《松窗雜錄》載：「開元中，禁中初種木芍
藥，……上乘月夜召太真妃以步輦從。……李龜年以
歌擅一時之名，手捧檀板，押眾樂前欲歌之。上曰：
『賞名花，對妃子，焉用舊樂詞為？』遂命龜年持金
花牋宣賜翰林學士李白，進〈清平調〉詞三章。白欣
承詔旨，……龜年遽以詞進，上命梨園弟子約略調撫
絲竹，遂促龜年以歌。太真妃……笑領歌意甚厚。」
宋・王灼《碧雞漫志》卷五「清平樂」條載：「張君
房脞說，指此為〈清平樂〉曲。按明皇宣白進〈清平
調〉詞，乃是令白于〈清平調〉中製詞。蓋古樂取聲
律高下合為三，曰〈清調〉、〈平調〉、〈側調〉，
此之謂三調。明皇止令就擇上兩調，偶不樂〈側調〉
故也。況白詞七字絕句，與今曲不類。而《尊前集》
亦載此三絕句，止目曰〈清平〉詞。然唐人不深考，
妄指此三絕句耳。此曲在〈越調〉，唐至今盛行。」
清・萬樹《詞律》卷四註此調，亦云：「與〈清平調〉
無涉。」是〈清平樂〉雖係唐詞，顧與〈清平調〉毫
不相干。《圖譜》改名〈憶蘿月〉，或亦因此。（懶

散道人《白香詞譜箋譜合編》卷二）[4]

6. 〈江城子〉：五人，七闋。

葉夢得（1）、王庭珪（2）、沈與求（2）、毛幵（1）、
陳著（1）。

〈江城子〉名始於歐陽炯詞：「空有姑蘇臺上月，如西
子鏡照江城。」（張璋、黃畲《全唐五代詞》卷六、清‧
毛先舒《填詞名解》卷一。）[5]

7. 〈驀山溪〉：五人，六闋。

歐陽修（1）、毛滂（2）、陳東（1）、洪皓（1）、
呂渭老（1）。

〈驀山溪〉一名〈上陽春〉。按上陽為唐代宮名。《新
唐書》卷三十八〈地理志〉：「上陽宮在禁苑之東，
東接皇城之西南隅，上元中置，高宗之季常居以聽
政。」至武后時，興建益廣。迨天寶後，始漸廢圮，
是本調〈上陽春〉之名，當出自禁中，時在開天以前，

---

[4] 溫庭筠〈清平樂〉辭：「新歲清平思同輦」（《全唐五代詞》卷三），
清平二字顯為漢‧班固〈兩都賦〉序：「海內清平，朝廷無事」（《文
選》卷一）之意。又許國霖《敦煌雜錄》〈願文〉云：「社稷有應瑞
之祥，國境有清平之樂。」可知調名中之清平，並非指〈清調〉、〈平
調〉也。（張夢機著：《詞律探原》，臺北：文史哲出版社，1981 年
11 月，頁 199。）

[5] 〈江城子〉單調始於五代，而著錄最先者為韋莊詞。然韋詞既有此調，
年輩又在炯前（歐陽炯以唐昭宗乾寧三年（西元 896 年）生，宋太祖
開寶四年（西元 971 年）卒，見《宋史》卷四百七十九〈西蜀世家〉
附〈孟昶傳〉。韋莊以唐文宗開成元年（西元 836 年）生，蜀高祖武
成三年（西元 910 年）卒，見夏承燾《韋端己年譜》，長於炯六十年，
其年輩在前固無可疑），則此調之得名不始炯詞明甚，炯詞特就調名
而立意耳，《填詞名解》之說非也。（張夢機著：《詞律探原》，
臺北：文史哲出版社，1981 年 11 月，頁 345。）

至何以演為〈鶿山溪〉,則不可考矣。(懶散道人《白
香詞譜箋譜合編》卷二)。

8. 〈漢宮春〉:**六人,六闋。**

李光(1)、康與之(1)、京鏜(1)、趙以夫(1)、
彭元遜(1)、無名氏(1)。

〈漢宮春〉一名〈漢宮春慢〉。此調有平韻、仄韻兩
體。(清聖祖《詞譜》卷二十四)

9. 〈燭影搖紅〉:**六人,六闋。**

吳億(1)、張掄(1)、張鎡(1)、程珌(1)、吳
文英(1)、趙必瓛(1)。

王都尉詵有〈憶故人〉詞,徽宗喜其詞意,猶以不豐
容宛轉為恨,逐令大晟別撰腔。周美成增損其詞,而
以首句為名,謂之〈獨影搖紅〉(宋·吳曾《能改齋
詞話》卷二「獨影搖紅詞」項)。王詞原是小令,周
邦彥則演為慢曲。[6]

10. 〈滿江紅〉:**五人,六闋。**

6　王詵〈憶故人〉詞云:「燭影搖紅向夜闌,乍酒醒、心情懶。尊前誰
為唱陽關,離恨天涯遠。　　無奈雲沈雨散。憑闌干、東風淚眼。海
棠開後,燕子來時,黃昏庭院。」(《全宋詞》,頁二七三。)唐圭
璋《全宋詞》註此詞云:「案《能改齋漫錄》載周邦彥增損此首之詞,
《唐宋諸賢絕妙詞選》卷三亦以為王詵作,疑或非,茲不另錄。」
周邦彥(字美成)〈燭影搖紅〉詞云:「芳臉勻紅,黛眉巧畫宮妝淺。
風流天付與精神,全在嬌波眼。早是縈心可慣。向尊前、頻頻顧眄。
幾回相見,見了還休,爭如不見。　　燭影搖紅,夜闌飲散春宵短。
當時誰會唱陽關,離恨天涯遠。爭奈雲收雨散。憑闌干,東風淚滿。
海棠開後,燕子來時,黃昏深院。」(《全宋詞》,頁六二九。)唐
圭璋《全宋詞》註此詞云:「案此首別作王詵詞,見《唐宋諸賢絕妙
詞選》卷三。別又誤作柳永詞,見《菊坡叢話》卷二十六。」

何澹（2）、歐陽光祖（1）、胡惠齋（1）、劉克莊
（1）、劉鑑（1）。

考《本草綱目》有「滿江紅」水草，為浮游水面之細
小植物；一名芽胞果。想唐、宋時，民間已有此種名
稱之水草，隨取入詞，未可知也。（懶散道人《白香
詞譜箋譜合編》卷四）

11. 〈虞美人〉：三人，六闋。

王庭珪（1）、陳三聘（1）、劉辰翁（4）。

〈虞美人〉，唐教坊曲名。項羽有美人名虞，被漢圍，
飲帳中，歌曰：「虞兮，虞兮，奈若何！」虞亦答歌，
詞名取此。《益州草木記》云：「雅州名山縣，出虞
美人草，如雞冠花。葉兩兩相對，為唱〈虞美人〉曲，
應拍而舞，他曲則否。」吳任臣曰：「〈虞美人〉，
吳聲也。昔桑景舒作〈虞美人〉曲，而虞美人草舞；
後鼓吳音，虞美人草亦舞。」（清・毛先舒《填詞名解》
卷一）[7]

12. 〈菩薩蠻〉：六人，六闋。

張綱（1）、王之望（1）、范成大（1）、辛棄疾（1）、
陳三聘（1）、吳泳（1）。

唐・蘇鶚《杜陽雜編》云：「大中初，女蠻國貢雙龍
犀，有二龍，鱗鬣爪角悉備，明霞錦，……其國人危

---

[7] 宋・王灼《碧雞漫志》卷四「虞美人」項載：「〈虞美人〉，《脞說》
稱起于項籍『虞兮』之歌。予謂後世以此命名可也，曲起于當時，非
也。」（收錄於唐圭璋編：《詞話叢編》，臺北：新文豐出版公司，
1988 年 2 月，第 1 冊，頁 103。）

髻金冠，纓絡被體，故謂之菩薩蠻，當時倡優，遂製
〈菩薩蠻〉曲，文士亦往往效其詞。」又五代‧孫光
憲《北夢瑣言》云：「宣宗愛唱〈菩薩蠻〉詞，令狐
相國假其（溫飛卿）新撰密進之，戒令勿泄。」唐時
俗稱美女為菩薩，菩薩蠻猶稱女蠻。當時教坊，譜作
曲詞，遂為詞名，後楊升庵改「蠻」為「鬘」，失其
本矣。（懶散道人《白香詞譜箋譜合編》卷一）

然明‧胡震亨《唐音癸籤》載：「《杜陽》謂倡優見
菩薩蠻製曲，其說亦未盡，當是用其樂調為曲耳，考
南蠻驃國，嘗貢其國樂，其樂人冠金冠，左右珥璫，
條貫花鬘，珥雙簪，散以毳，如女飾，而其國亦在女
王蠻西南，故當時或以為女蠻。且其曲多佛曲，具在
後簡夷樂部。則其稱為〈菩薩蠻〉，尤可信。」據任
二北《敦煌曲初探》考證：「唐許棠之《奇男子傳》
及《太平廣記》一六六『吳保安』條引《紀事》，均
載宰相郭元振之侄仲翔，隨征南詔，因李蒙軍敗，陷
在諸蠻洞內為奴；天寶十二載，從菩薩蠻洞逃歸。足
證盛唐時之西南邊裔，早有其佛教之所謂『菩薩蠻』
者，由是而演為樂曲歌舞，開元時民間即已流行，崔
令欽《教坊記》內乃著錄其曲名，事甚顯著。」近人
楊憲益於所著《零墨新箋》〈李白與〈菩薩蠻〉〉，
主張「菩薩蠻」乃「驃苴蠻」或「符詔蠻」之異譯。
其曲調乃古緬甸樂，開元、天寶間傳入中國。

　　從以上的整理歸納，我們可以發覺一個現象，詞人以多種
不同的詞調來填寫元宵詞，除了姜夔以四闋〈鷓鴣天〉，表達

思人愁緒（參本文第三章第二節第五項），及無名氏所填的十五闋〈鷓鴣天〉（《全宋詞》，頁三六六八）外，同一個詞人很少用相同的詞調，描繪元宵的景致，或抒發上元時節的心情。然根據上述的統計，以普遍通行的詞調，如〈鷓鴣天〉、〈浣溪沙〉，填寫的詞人最多，因為通行普遍，詞人熟悉其音律，因而可以專注於內容的表現，故在〈鷓鴣天〉四十闋，及〈浣溪沙〉十二闋中，則分別涉及了記遊寫景、詠懷抒情、酬贈唱和與記事詠物等豐富的內容範圍。像無名氏十五闋〈鷓鴣天〉詞，宋・劉昌詩《蘆浦筆記》卷十「上元詞」項即載：「右〈鷓鴣天〉十五首，備述宣政之盛，非想像者所能道，當與《夢華錄》並行也。」而其他所使用的詞調，就大體而言：如〈寶鼎現〉，詞人多用以記述遊樂活動的盛況；范周其詞更是傳播廣遠，每遇燈夕，幾乎諸郡皆歌。而〈驀山溪〉、〈虞美人〉，詞人則多用其來抒寫情懷。另外〈滿江紅〉，一般均認為其格調「聲情激越，宜抒豪壯情感與恢張襟抱。」（龍沐勛《唐宋詞格律》）元宵詞則多藉以填寫酬贈唱和之作。

　　除此之外，還有一特殊的詞調：〈人月圓〉。此調始於王詵，因詞中有「人月圓」句，遂取以為名（清聖祖《詞譜》卷七）；[8]其多用以詠元夕，故屬於應時之曲。[9]而在兩宋元宵詞

---

[8]　王詵〈人月圓〉詞云：「小桃枝上春來早，初試薄羅衣。年年此夜，華燈盛照，人月圓時。　禁街簫鼓，塞輕夜永，纖手同攜。更闌人靜。千門笑語，聲在簾幃。」詞題云：「元夜」。（《全宋詞》，頁二七四。）唐圭璋《全宋詞》註此詞云：「案《能改齋漫錄》卷十六云：此詞李持正作，近時以為王都尉作，非也。」

[9]　《全宋詞》中用〈人月圓〉之詞調共有十一闋，其屬於元宵詞者，則有五闋。

所用的一百多種詞調中，如：〈少年遊〉、〈上林春慢〉、〈望海潮〉、〈御街行〉、〈應天長〉……等五十餘種詞調，均只有一闋。可見詞人喜以不同的詞調，來表現上元的節令情韻，使元宵詞憑添了無數的新聲與美妙的旋律。

第五章　結論

　　經由前面幾章的論述，我們約略的可以瞭解，元宵活動對詞作之影響。詞人藉著上元節令，表現出不同類型的作品，同時也用了不同的手法，反映出當時的社會生活與政治背景。茲將本文論述的主要重點，整理如下：

一、兩宋元宵詞中所反映之習尚

（一）元宵卜祀

　　在元宵卜祀活動的習俗中，每一項習俗，都有它獨特的生命力和與眾不同的發展現象。加以詞人們的生花妙筆，如可憐的紫姑變成了靈驗的神；用來吃的麵蠒，暗藏著前途的休咎等。所以我們可以說，元宵卜祀活動的習俗，豐富了詞的內容，而詞也給予了它們新的力量。

（二）元宵觀燈

　　「元宵觀燈」是宋代一項重要的節令習尚，從中我們看到宋代元宵張燈的排場，搭建燈景的鋪張，以及對燈品形式的講

究；也不難想像宋代社會生活的繁華與奢靡。而君王的與民同樂，更助長了全國縱情享樂的風氣，於是宋代的元宵節乃呈現出多彩多姿的觀燈景況。

（三）元宵習俗

元宵傳統的習俗與娛樂活動，使整個元宵節熱鬧的盛況達到高潮，不僅人們可以徹夜狂歡，就連平常足不出戶的婦女們，也可出遊觀燈，於是產生了一則則浪漫的上元佳話。而鬧元宵、放煙火等活動，更帶動了歡樂的氣氛，也可以明瞭當時的社會環境與社會風氣。

（四）元宵節食

「元宵節食」以湯圓為主，再加上其他豐盛的應景食品，如：芋郎君、餶飿、豉湯、消夜果等，不僅反映出宋代社會民生的富裕繁榮，也使我們體現了元宵節的另一種風味。

二、兩宋元宵詞之內容分析

（一）記遊寫景

描述記遊寫景的元宵詞，是純粹反映兩宋時期的上元風物與嬉遊之樂，記寫的範疇，涵蓋都城、鄉鎮、宮廷等，各有不同的風格；而「奢侈享樂」、「清麗樸質」、「婉約和洽」、「旖旎瑰麗」，即是其特色所在。

（二）詠懷抒情

　　詠懷抒情的元宵詞，是詞人情感的發抒與心靈的寄託。其內容包括：個人情懷的泛寫、身世家國的抒發、今昔生活的慨歎、時光流逝的惋惜、思人愁緒的表達。由於作者不同的表現手法，而呈現出「含蓄蘊藉」、「沈痛悲戚」、「懷舊傷感」、「悵惘怨歎」、「情深意篤」等多樣的風格，同時並將元宵詞的描寫範圍，深入到人的內心世界。

（三）酬贈唱和

　　元宵詞在酬贈唱和中，有不同的表現方法和內容形式，包含唱和寄情、娛賓祝福、趁韻填詞、應制頌功等。因此它具有「真摯平實」、「揄揚附會」、「應聲隨和」、「歌功頌德」等不同性質的風格特色；而且在上元宴樂，酬酢贈答的場合中，的確發揮了重要的作用。

（四）記事詠物

　　關於記載上元情事的元宵詞，有徐德言與樂昌公主「破鏡重圓」，委婉感人的愛情故事，也有婦女「竊取金杯」的有趣妙事。而元宵詞的詠物之作，雖無特殊的寄託與寓意，但以詠圓子、燈毬兒、煙火簇等應景之物為題材，亦可見作者匠心所在。故此類詞作雖為數不多，但卻呈現出「通俗曉暢」、「巧妙生動」的風格。

三、兩宋元宵詞之寫作技巧

（一）情景襯托

　　情與景是構成詩詞的兩大要素，就元宵詞而言，作者分別運用了「寓情於景」和「因景生情」兩種不同的技巧。在元宵景況的歡樂或衰頹中，寓寄了作者深沉的情感，而人喜、怒、哀、樂的情緒，也影響著元宵景致的美好或淒清。

（二）對比手法

　　元宵詞對比技巧的運用，是分從盛衰、時空、感覺上的比較對照，強調所欲表達的主題。昔日元宵之盛，對比今日之衰，令人有不勝今昔之感；而時間的改變及空間的轉換，使元宵的情境亦隨之變換；至於人的外在感覺和內在感覺，則凸顯了上元獨特的景致與意趣。

（三）常用典故

　　元宵詞中所用的典故，少有冷僻生澀者；而歸納出的常用典故有下列九則：「蓬萊」、「十二樓臺」、「鼇山」、「燭龍」、「青藜」、「華胥」、「傳柑」、「金吾放夜」、「紫姑」等。其中「鼇山」、「傳柑」、「金吾放夜」、「紫姑」等，則是由元宵特定的習尚與風俗演變形成的。

（四）常用詞調

　　元宵詞所用的詞調，最大的特色在於詞調多。根據統計，元宵詞最常用的詞調有以下十二種：〈鷓鴣天〉、〈浣溪沙〉、〈永遇樂〉、〈寶鼎現〉、〈清平樂〉、〈驀山溪〉、〈江城子〉、〈漢宮春〉、〈燭影搖紅〉、〈滿江紅〉、〈虞美人〉、〈菩薩蠻〉等。由此可知，元宵詞所常用的詞調，多為通行普遍的調子。

　　元宵詞在兩宋節令詞中，佔有突出的地位，而元宵的風俗，也關係著社會民俗的傳承與發展，並且影響詞人在創作上的詩情。故詞人從物華遞變、人事滄桑的感歎中，再現了上元的風情與當時的景況。由此讓我們不得不注意到這些應時應節而作的節令詞，在兩宋詞中是深具影響潛力的。

附錄：兩宋「元宵詞」篇名目錄

一、《全宋詞》

（以下所載之頁數，以唐圭璋編：《全宋詞》，北京：中華書局，一九八八年三月北京第四次印刷本為主。）

作　者	詞　　　作	頁　數
柳　永	傾杯樂（禁漏花深）	一六
	迎新春（嶰管變青律）	一七
	玉樓春：其三（皇都今夕知何夕）	二〇
	甘州令（凍雲深）	四六
張　先	玉樹後庭花（華燈火樹紅相鬥）	七八
	鵲橋仙（星橋火樹）	七八
歐陽修	生查子（去年元夜時）	一二四
	漁家傲（正月斗杓初轉勢）	一三六
	驀山溪（新正初破）	一四二
	御帶花（青春何處風光好）	一四四
王　詵	人月圓（小桃枝上春來早）	二七四
	換遍歌頭（雪靈輕塵斂）	二七四
蘇　軾	蝶戀花（燈火錢塘三五夜）	三〇〇
	浣溪沙（雪頷霜髯不自驚）	三一五
	浣溪沙（料峭東風翠幕驚）	三一五
	少年遊（玉肌鉛粉傲秋霜）	三二四
	南鄉子（千騎試春遊）	三二五

	鷓鴣天（夾路行歌盡落梅）	七七八
李　光	漢宮春（危閣臨流）	七八六
梅　窗	阮郎歸（皇州新景媚晴春）	七九二
劉一止	醉蓬萊（正官橋柳潤）	七九五
	望海潮（東郊人報）	七九九
曹　組	聲聲慢（重簷飛峻）	八〇五
万俟詠	雪明鵁鶄夜慢（望五雲多處春深）	八〇七
	鳳皇枝令（人間天上）	八〇八
	醉蓬萊（正波泛銀漢）	八一二
王庭珪	念奴嬌（少年時節）	八一八
	點絳脣（玉漏春遲）	八一八
	點絳脣（春入西園）	八一八
	江城子（夜郎江上看元宵）	八一九
	江城子（天迴北斗欲中宵）	八一九
	滿庭芳（宿雨初收）	八二〇
	虞美人（城東樓閣連雲起）	八二一
	醉花陰（紅塵紫陌春來早）	八二一
	寰海清（畫鼓轟天）	八二三
陳　克	浣溪沙（橋北橋南新雨晴）	八三〇
	鷓鴣天（白苧吳儂紅頰兒）	八三一
朱敦儒	鷓鴣天（鳳燭星毬初試燈）	八四四
	朝中措（東方千騎擬三河）	八四六
	好事近（春雨細如塵）	八五三
	好事近（春雨撓元宵）	八五三
趙　佶	聲聲慢（宮梅粉淡）	八九六
	醉落魄（無言哽噎）	八九七
	滿庭芳（寰宇清夷）	八九八
	金蓮遶鳳樓（絳燭朱籠相隨映）	八九八
	小重山（羅綺生香嬌上春）	八九八
張　綱	菩薩蠻（重簾捲盡樓臺日）	九二四
	清平樂（紅蓮照晚）	九二四

	鷓鴣天（比屋燒燈作好春）	一四七三
	浣溪沙（買市宣和預賞時）	一四七四
朱　雍	瑤臺第一層（西母池邊宴罷）	一五一一
范端臣	念奴嬌（玉樓絳氣）	一五六一
范成大	菩薩蠻（雪林一夜收寒了）	一六一八
	醉落魄（春城勝絕）	一六二一
趙磻老	永遇樂（香雪堆梅）	一六三〇
	醉蓬萊（聽都人歌詠）	一六三〇
	醉蓬萊（記青蛇感異）	一六三〇
	鷓鴣天（堂上年時見燭花）	一六三一
	鷓鴣天（白日青天一旦明）	一六三一
沈端節	念奴嬌（燈宵漸近）	一六八二
	探春令（舊家元夜）	一六八三
張孝祥	鷓鴣天（詠徹瓊章夜向闌）	一六九四
	柳梢青（今年元夕）	一六九八
	醜奴兒（珠燈璧月年時節）	一七〇〇
	憶秦娥（元宵節）	一七一三
閻蒼舒	水龍吟（少年聞說京華）	一七二四
李處全	念奴嬌（一天春意）	一七三一
丘　崈	洞仙歌（江城梅柳）	一七四〇
	洞仙歌（□□春□）	一七四一
	鷓鴣天（陸海蓬壺自有山）	一七四五
	浣溪沙（鐵鎖星橋永夜通）	一七五〇
	如夢令（門外綺羅如繡）	一七五一
趙長卿	探春令（去年元夜）	一七七五
	寶鼎現（囂塵盡掃）	一七八一
	武陵春（又是新逢三五夜）	一八二〇
	柳梢青（晴雪樓臺）	一八二〇
廖行之	臨江仙子（春意茫茫春色裡）	一八三八
	卜算子（雲破露新晴）	一八三九
京　鏜	絳都春（昇平似舊）	一八四三

	漢宮春（暖律初回）	一八四四
辛棄疾	青玉案（東風夜放花千樹）	一八八四
	好事近（綵勝鬥華燈）	一九〇五
	婆羅門引（落星萬點）	一九一八
	菩薩蠻（看燈元是菩提葉）	一九二八
趙善扛	傳言玉女（璧月珠星）	一九七八
何　澹	滿江紅（燈夕筵開）	二〇一九
	滿江紅（樂禁初開）	二〇二〇
	鷓鴣天（好景良辰造物慳）	二〇二〇
陳三聘	菩薩蠻（春城辦得紅蕖了）	二〇二七
	虞美人（天公意向人情滿）	二〇三〇
	醉落魄（東風寒絕）	二〇三一
石孝友	寶鼎現（雪梅清瘦）	二〇三一
	傳言玉女（雪壓梅梢）	二〇五三
歐陽光祖	滿江紅（恰則元宵）	二〇六一
馬子嚴	臨江仙（人意舒閒春事到）	二〇六九
趙師俠	洞仙歌（元宵三五）	二〇九五
	南鄉子（元夜景尤殊）	二〇九五
楊炎正	瑞鶴仙（風光開舊眼）	二一一三
劉　褒	水龍吟（東風初縠池波）	二一二三
張　鎡	御街行（良宵無意貪遊玩）	二一三四
	燭影搖紅（宿雨初乾）	二一三七
	瑞鶴仙（喜濃寒乍退）	二一三七
	鷓鴣天（御路東風拂翠衣）	二一四一
劉　過	望江南（元宵景）	二一五八
盧　炳	醉蓬萊（正春回紫陌）	二一六三
	一翦梅（燈火樓臺萬斛蓮）	二一六三
姜　夔	鷓鴣天（巷陌風光縱賞時）	二一七二
	鷓鴣天（憶昨天街預賞時）	二一七二
	鷓鴣天（肥水東流無盡期）	二一七三
	鷓鴣天（輦路珠簾兩行垂）	二一七三

	浣溪沙（春點疏梅雨後枝）	二一七四
郭應祥	鷓鴣天（動地歡聲偏十龍）	二二二〇
	西江月（歌扇潛回暖吹）	二二二一
	西江月（樂事無過新歲）	二二二三
	好事近（今歲度元宵）	二二二六
韓　淲	柳梢青（雨洗元宵）	二二三八
	探春令（暗塵明月小桃枝）	二二四八
	采桑子（華燈自是年年好）	二二五二
	浣溪沙（分付心情作上元）	二二六〇
	浣溪沙（荊楚誰言鏡聽詞）	二二六二
胡惠齋	滿江紅（暝靄黃昏）	二二六八
吳禮之	喜遷鶯（銀蟾光彩）	二二七七
俞國寶	風入松（東風巷陌暮寒驕）	二二八二
李好義	望江南（思往事）	二二八三
程　珌	燭影搖紅（青旆搖風）	二二九四
	滿庭芳（去臘飛花）	二二九八
戴復古	滿庭芳（草木生春）	二三一〇
徐鹿卿	酹江月（雪銷平野）	二三一五
鄒應龍	鷓鴣天（綵結輕車五馬隨）	二三一八
史達祖	東風第一枝（酒館歌雲）	二三二七
	鷓鴣天（御路東風拂醉衣）	二三四五
高觀國	聲聲慢（壺天不夜）	二三五八
魏了翁	蝶戀花（又見王正班玉瑞）	二三六六
	臨江仙（怪見江鄉文物地）	二三七二
	洞庭春色（花帽簷行）	二三八〇
	鷓鴣天（春漏逢歡恐不深）	二三八〇
	鷓鴣天（解后皇華並轡遊）	二三九三
	千秋歲引（天生耆德）	二三九六
	南鄉子（連夕雨盈疇）	二三九六
劉　鎮	慶春澤（燈火烘春）	二四七三
	浣溪沙（簾幕收燈斷續紅）	二四七四

孫惟信	望遠行（又還到元宵臺榭）	二四八五
方千里	漁家傲（燭彩花光明似晝）	二四九三
	解語花（長空淡碧）	二五〇一
吳　泳	洞庭春色（金柝聲中）	二五一三
	洞庭春色（蘭切膏凝）	二五一三
	菩薩蠻（鶯花舊恨憑誰雪）	二五一三
葛長庚	鷓鴣天（翠幄張天見未曾）	二五八六
劉克莊	生查子（繁燈奪霽華）	二六一二
	滿江紅（笳鼓春城）	二六一八
	臨江仙（玉笛鈿車當日事）	二六三七
趙以夫	漢宮春（投老歸來）	二六六八
	燕春臺（錦里春回）	二六六九
	木蘭花慢（玉梅吹霽雪）	二六七一
張　矩	摸魚兒（正桃花、漸蜚紅雨）	二六七七
	浪淘沙（風色轉東南）	二六七七
牟子才	風瀑竹（閣住杏花雨）	二七一八
吳　潛	寶鼎現（晚風微動）	二七四六
	晝錦堂（綺縠團成）	二七四六
	水龍吟（十洲三島蓬壺）	二七五〇
	永遇樂（和氣熏來）	二七五一
	永遇樂（天上人間）	二七五一
	永遇樂（祝告天公）	二七五一
	傳言玉女（眾綠庭前）	二七五三
	浣溪沙（慶賞元宵只願情）	二七五九
	柳梢青（好把元宵）	二七六五
方　岳	風流子（小樓簾不捲）	二八四五
李昴英	瑞鶴仙（玉城春不夜）	二八七二
	沁園春（纔到中午）	二八七二
吳文英	水龍吟（澹雲籠月微黃）	二八八〇
	應天長（麗花鬥靨）	二八八七
	玉樓春（茸茸貍帽遮梅額）	二八九四

宋人話本小說中人物詞		
竊杯女子	鷓鴣天（燈火樓臺處處新）	三八四八
	念奴嬌（桂魄澄渾）	三八四八
元明小說話本中依託宋人詞		
張舜美	如夢令（明月娟娟篩柳）	三八八九
	如夢令（燕賞良宵無寐）	三八八九
	如夢令（漏滴銅壺聲咽）	三八八九
劉素香	如夢令（邂逅相逢如故）	三八八九

二、《全宋詞補輯》

（以下所載之頁數，以孔凡禮輯：《全宋詞補輯》，臺北：源流出版社，一九八二年十二月初版本為主。）

作　　者	詞　　　　　作	頁　　數
毛　滂	沁園春（左元仙伯）	一四

附　　圖

（一）清十二月令圖元宵夜景（取自《故宮文物月刊》第四卷第十一期‧頁九七。）

（取自殷登國《歲時佳節記趣》，頁一七七。）

（三）民間神禡「三官大帝」

（取自《三教源流搜神大全》卷一，頁二十一。）

（二）三元大帝

（取自《三教源流搜神大全》卷四，頁五。）

（五）紫姑神

（取自殷登國《歲時佳節記趣》，頁四八。）

（四）杭人元宵節以白粥祀神（「點石齋畫報」）

（六）元宵迎紫姑（「點石齋畫報」）

　　（取自殷登國《歲時佳節記趣》，

　　頁三五。）

（七）少女元宵迎紫姑（民初蓮客繪）

　　（取自殷登國《歲時佳節記趣》，

　　頁四五。）

（八）燈市（取自岡田友尚編述，岡文暉、大原民聲圖畫《唐土名勝圖會》，頁二
　　　九〇、二九一。）

（九）燈棚、行燈（取自中川子信《清俗紀聞》卷一，頁八。）

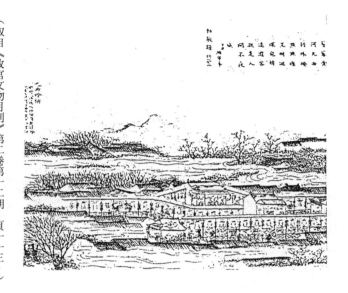

（十）清・黃鉞「京輦春熙──九曲燈棚」

（取自《故宮文物月刊》第二卷第十二期，頁一二三。）

蹴踘圖

（十一）蹴踘圖

（取自明・王圻《三才圖會》卷十，頁四十六。）

高組圖

（十二）高組圖

（取自明・王圻《三才圖會》卷十，頁三十九。）

吞劍圖

（十四）吞劍圖

（取自明・王圻《三才圖會》卷十，頁四十七。）

（取自袁珂《山海經校注》卷八，頁三三一。）

（十六）燭陰

燭陰

綠竿圖

（十三）綠竿圖

（取自明・王圻《三才圖會》卷十，頁四十八。）

（取自明・笑笑生《金瓶梅詞話》第四十二回，頁一〇九。）

（十五）豪家攔門玩煙火

重要參考書目

一、叢書

《歲時習俗資料彙編》，臺北：藝文印書館，1970 年 12 月初版。
　　第三冊：《歲華記麗》，唐・韓鄂撰。
　　　　　　《四時纂要》，唐・韓鄂撰。
　　第五冊：《歲時廣記》，宋・陳元靚撰。
　　第十冊：《日涉編》，明・陳階撰。
　　第十六冊：《月令粹編》，清・秦嘉謨撰。
　　第十九冊：《新增日月紀古》，清・蕭智漢撰。
《筆記小說大觀》，臺北：新興書局。
　　十五編第三冊：《揮麈後錄》，宋・王明清撰，1977 年版。
　　十九編第一冊：《齊諧記》，南朝宋・東陽無疑撰，1977 年版。
　　二十二編第二冊：《江鄰幾雜志》，宋・江休復撰，1978 年版。
　　　　　　　　　　《侯鯖錄》，宋・趙德麟撰，1978 年版。
　　　　　　　　　　《采異聞錄》，宋・永亨撰，1978 年版。
　　三十五編第四冊：《宛署雜記》，明・沈榜撰，1983 年版。
　　三十八編第一冊：《五朝小說大觀》，百大名家撰，1985 年版。
《叢書集成新編》，臺北：新文豐出版公司，1985 年元月版。
　　第十一冊：《猗覺寮雜記》，宋・朱翌撰。
　　第十二冊：《蘆浦筆記》，宋・劉昌詩撰。
　　第二十冊：《列子》，周・列禦寇撰。

第二十六冊：《海內十洲記》，漢・東方朔撰。

第三十九冊：《事物紀原》，宋・高承撰。

第七十八冊：《本事詩》，唐・孟棨撰。

第八十一冊：《開元天寶遺事》，五代・王仁裕撰。

第八十二冊：《異苑》，南朝宋・劉敬叔撰。

　　　　　　《續齊諧記》，梁・吳均撰。

第八十三冊：《趙飛燕外傳》，漢・伶玄撰。

　　　　　　《明皇雜錄》，唐・鄭處誨撰。

　　　　　　《春明退朝錄》，宋・宋敏求撰。

第八十四冊：《鐵圍山叢談》，宋・蔡絛撰。

第八十六冊：《雲仙雜記》，唐・馮贄撰。

　　　　　　《杜陽雜編》，唐・蘇鶚撰。

　　　　　　《北夢瑣言》，五代・孫光憲撰。

　　　　　　《墨莊漫錄》，宋・張邦基撰。

第八十七冊：《清夜錄》，宋・俞文豹撰。

第一〇〇冊：《列仙傳》，漢・劉向撰。

第一一一冊：《東觀漢記》，漢・班固等撰。

二、詞總集、選集

《全唐五代詞彙編》（全二冊），楊家駱主編，臺北：世界書局，
　　1967 年 5 月再版。

《全唐五代詞》，張璋、黃畬編，臺北：文史哲出版社，1986 年
　　10 月臺一版。

《全宋詞》，唐圭璋編，北京：中華書局，1988 年 3 月第四次印刷。

《全宋詞補輯》，孔凡禮輯，臺北：源流出版社，1982 年 12 月初版。

《古香岑草堂詩餘》，明・沈際飛評選，明崇禎太末翁少麓刊本，
　　臺北：國家圖書館。

《御選歷代詩餘》，清・沈辰垣等奉敕編，臺北：世界書局（《景
　　印摛藻堂四庫全書薈要》第 497－500 冊），1988 年 2 月初版。

《疆邨叢書》，清・朱孝臧輯校，上海：上海書店、江蘇廣陵古籍
　　刻印社，1989 年 7 月第一版。

《宋四家詞選箋注》，清・周濟編、鄺士元箋注，臺北：臺灣中華
　　書局，1971 年 1 月初版。

《唐宋詞欣賞》，夏瞿禪著，臺北：文津出版社，1983 年 10 月版。

《宋詞鑑賞辭典》，賀新輝主編，北京：燕山出版社，1987 年 3
　　月第一版。

《唐宋詞鑑賞辭典》，唐圭璋主編，上海：江蘇古籍出版社，1987
　　年 7 月第二次印刷。

《百家唐宋詞新話》，傅庚生、傅光編，成都：四川文藝出版社，
　　1989 年 5 月第一版。

《唐宋詞新賞》（全十五冊），張淑瓊主編，臺北：地球出版社，1990
　　年元月初版。

三、詞話、詞曲著作及詞譜等

《詞話叢編》（全五冊），唐圭璋編，臺北：新文豐出版公司，1988
　　年 2 月臺一版。

本文參考諸家如下：

第一冊：

《復雅歌詞》，宋・鮦陽居士撰。

《碧雞漫志》，宋・王灼撰。

《能改齋詞話》，宋・吳曾撰。

《詞源》，宋・張炎撰。

《窺詞管見》，清・李漁撰。

第二冊：

《雨村詞話》，清・李調元撰。

《介存齋論詞雜著》，清・周濟撰。

第三冊：

《本事詞》，清・葉申薌撰。

《蓮子居詞話》，清・吳衡照撰。

第四冊：

《賭棋山莊詞話》，清・謝章鋌撰。

《白雨齋詞話》，清・陳廷焯撰。

第五冊：

《人間詞話》，王國維撰。

《詞話十論》，劉慶雲編著，長沙：岳麓書社，1990 年 1 月第一版。

《詞林紀事》，清・張宗橚著，臺北：鼎文書局，1974 年 3 月初版。

《詞曲史》，王易撰，臺北：廣文書局，1988 年 8 月五版。

《敦煌曲初探》，任二北著，上海：上海文藝聯合出版社，1954
　　年 11 月第一版。

《中國文學發展史》，劉大杰著，臺北：華正書局，1985 年 6 月版。

《讀詞常識》，陳振寰著，臺北：國文天地雜誌社，1990 年 3 月初版。

《詞學論叢》，唐圭璋著，上海：上海古籍出版社，1986 年 6 月第
　　一版。

《詞學綜論》，馬興榮著，濟南：齊魯書社，1989 年 11 月第一版。

《詞學今論》，陳弘治著，臺北：文津出版社，1991 年 7 月增訂二版。

《唐宋詞通論》，吳熊和著，杭州：浙江古籍出版社，1989 年 3 月第二版。

《宋南渡詞人》，黃文吉著，臺北：臺灣學生書局，1985 年 5 月初版。

《南宋詞研究》，王偉勇著，臺北：文史哲出版社，1987 年 9 月初版。

《姜白石詞編年箋校》，夏瞿禪著，臺北：臺灣中華書局，1967 年 12 月臺一版。

《詞律》，清・萬樹編，臺北：臺灣中華書局，1978 年 1 月臺三版。

《詞譜》，清・聖祖敕撰，臺北：洪氏出版社，1980 年版。

《唐宋詞格律》，龍沐勛著，臺北：里仁書局，1986 年 12 月版。

《詞律探原》，張夢機著，臺北：文史哲出版社，1981 年 11 月初版。

《詞牌彙釋》，聞汝賢著，自印本，1963 年 5 月臺一版。

《白香詞譜箋譜合編》，清・舒夢蘭輯、懶散道人合編，臺北：廣文書局，1971 年 12 月初版。

《填詞名解》，清・毛先舒撰，臺北：廣文書局，1971 年 4 月初版。

四、詩文集、詩文評

《全唐詩》，清・聖祖御編，臺北：世界書局（《景印摛藻堂四庫全書薈要》第 431－441 冊），1988 年 2 月初版。

《蘇軾詩集》（全三冊），清・王文誥、馮應榴輯注，臺北：學海出版社，1985 年 9 月再版。

《文溪集》，宋・李昴英撰，臺北：新文豐出版公司（《叢書集成續編》第 131 冊），1989 年 7 月臺一版。

《攻媿集》，宋・樓鑰撰，臺北：臺灣商務印書館（《景印文淵閣四庫全書》第 1152－1153 冊），1987 年 2 月初版。

《薑齋文集》，明・王夫之撰，臺北：中國船山學會、自由出版社聯合印行，1972 年 11 月重編初版。

《四溟詩話》，明・謝榛撰，臺北：木鐸出版社，1983 年 9 月初版。

《文體明辯》，明・徐師曾著，日本京都：株式會社中文出版社，1982 年 8 月版。

五、史籍、方志、傳記等

《新校漢書集注》，漢・班固撰、唐・顏師古注，臺北：世界書局，1978 年 11 月三版。

《晉書》，唐・房玄齡等撰，臺北：鼎文書局，1976 年 10 月初版。

《後漢書》宋・范曄撰、唐・李賢等注，臺北：洪氏出版社，1975 年 9 月三版。

《新唐書》，宋・歐陽修、宋祁撰，臺北：鼎文書局，1976 年 10 月初版。

《宋史》，元・脫脫等撰，臺北：鼎文書局，1983 年 11 月三版。

《宋史翼》，清・陸心源輯，臺北：鼎文書局，1983 年 11 月三版。

《宋會要輯稿》，清・徐松輯，臺北：新文豐出版公司，1976 年版。

《宋季忠義錄》，清・萬斯同輯，臺北：新文豐出版公司，1988 年 4 月臺一版。

《荊楚歲時記校注》，梁・宗懍撰、王毓榮校注，臺北：文津出版社，1988 年 8 月版。

《潮州府志》，清・周碩勛纂修，臺北：成文出版社，1967 年 12

月臺一版。

《山丹縣志》，清·黃璟、朱遜志纂修，臺北：成文出版社，1970
　　年版。

《齊東縣志》，梁中權修、于清泮纂，臺北：成文出版社，1976
　　年版。

《臺南市志》，黃典權、游醒民等纂修，臺北：成文出版社，1983
　　年 3 月臺一版。

《臺南縣志》，洪波浪、吳新榮主修，臺北：成文出版社，1983
　　年 3 月臺一版。

《東京夢華錄注》，宋·孟元老撰、鄧之誠注，臺北：世界書局，
　　1988 年 11 月三版。

《都城紀勝》，宋·灌圃耐得翁撰，臺北：大立出版社，1980 年
　　10 月版。

《西湖老人繁勝錄》，宋·西湖老人撰，臺北：大立出版社，1980
　　年 10 月版。

《夢粱錄》，宋·吳自牧撰，臺北：大立出版社，1980 年 10 月版。

《武林舊事》，宋·周密撰，臺北：大立出版社，1980 年 10 月版。

《吳夢窗繫年》，夏瞿禪撰，臺北：世界書局，1967 年 5 月再版。

《姜白石繫年》，夏瞿禪撰，臺北：世界書局，1967 年 5 月再版。

《蘇東坡新傳》，李一冰著，臺北：聯經出版事業公司，1986 年
　　11 月第四版。

六、筆記雜著

《帝京景物略》，明·劉侗、于奕正撰，臺北：廣文書局，1969

年 1 月初版。

《在園雜志》，清・劉廷璣撰，臺北：文海出版社，1969 年 7 月初版。

《山堂肆考》，明・彭大翼撰、張幼學編，臺北：藝文印書館，1977
　　年版。

《大宋宣和遺事》，元・闕名，臺北：河洛圖書出版社，1978 年 5
　　月臺景印初版。

《太平廣記》，宋・李昉等編，臺北：文史哲出版社，1978 年 11
　　月出版。

《拾遺記》，晉・王嘉撰，臺北：木鐸出版社，1982 年 2 月初版。

《松窗雜錄》，唐・李濬撰，臺北：木鐸出版社，民 1982 年 5 月
　　初版。

《燕翼詒謀錄》，宋・王栐撰，臺北：木鐸出版社，1982 年 5 月初版。

《西湖遊覽志餘》，明・田汝成撰，臺北：木鐸出版社，1982 年 6
　　月初版。

《唐音癸籤》，明・胡震亨撰，臺北：木鐸出版社，1982 年 7 月初版。

《燕京歲時記》，清・富察敦崇撰，臺北：木鐸出版社，1982 年 8
　　月初版。

《帝京歲時紀勝》，清・潘榮陛撰，臺北：木鐸出版社，1982 年 8
　　月初版。

《敦煌雜錄》，許國霖撰，臺北：新文豐出版公司，1985 年版。

《零墨新箋──譯餘文史考證集》，楊憲益撰，臺北：明文書局，
　　1985 年 4 月初版。

《清嘉錄》，清・顧祿撰，臺北：文海出版社，1985 年 6 月版。

《北平歲時志》，張江裁撰，臺北：文海出版社，1985 年 6 月版。

《朝野僉載》，唐・張鷟撰，臺北：臺灣商務印書館（《景印文淵

閣四庫全書》第 1035 冊），1986 年 8 月初版。

《唐新語》，唐・劉肅撰，臺北：臺灣商務印書館（《景印文淵閣
　　四庫全書》第 1035 冊），1986 年 8 月初版。

《東齋記事》，宋・范鎮撰，臺北：臺灣商務印書館（《景印文淵
　　閣四庫全書》第 1036 冊），1986 年 8 月初版。

《談苑》，宋・孔平仲撰，臺北：臺灣商務印書館（《景印文淵閣
　　四庫全書》第 1037 冊），1986 年 8 月初版。

《集說詮真》（中國民間信仰資料彙編第一輯），清・黃伯祿著，
　　臺北：臺灣學生書局，1989 年 11 月景印初版。

《古今圖書集成──歲功典》，清・陳夢雷編，臺北：鼎文書局，
　　1985 年 4 月再版。

《山海經校注》，袁珂校注，臺北：洪氏出版社，1981 年 11 月再版。

《金瓶梅詞話》，明・笑笑生撰，臺北：增你智文化事業公司，1981
　　年版。

《水滸傳》，元・施耐庵集撰、明・羅貫中纂修，臺北：聯經出版
　　事業公司，1987 年 5 月初版。

《三才圖會》，明・王圻纂輯，臺北：成文出版社，1970 年臺一版。

《三教源流搜神大全》，宋・不著撰人，臺北：新文豐出版公司，
　　1989 年 7 月臺一版。

《唐土名勝圖會》，岡田友尚編述、岡文暉、大原民聲繪，日本京
　　都：株式會社中文出版社，1981 年 7 月版。

《清俗紀聞》，中川子信編述，臺北：大立出版社，1982 年 10 月版。

《中華全國風俗志》，胡樸安著，臺北：啟新書局，1968 年 1 月版。

《歲時漫談》，婁子匡著，臺北：文星書店，1967 年 4 月初版。

《歲時佳節記趣》，殷登國著，臺北：世界文物供應社，1984 年

　　10 月初版。

《年節趣談》，耶若著，臺北：大夏出版社，1984 年 10 月版。

《年俗趣譚》，喻鴻鈞著，臺北：覺園出版社，1987 年 6 月初版。

《節令的故事》，殷登國著，臺北：時報文化出版公司，1987 年
　　10 月初版。

《中國民俗歲時節日》，婁子匡著，臺北：正中書局，1987 年 12
　　月臺初版。

《中國古代節日風俗》，郭興文、韓養民著，臺北：博遠出版公司，
　　1989 年 2 月初版。

《古風民俗》，齊星著，臺北：臺灣商務印書館，1990 年 6 月台灣
　　初版。

《中國奇風異俗》，仲美藍著，臺北：眾文圖書公司，1990 年 6
　　月版。

《臺灣民俗源流》，婁子匡、許長樂著，臺中：臺灣省政府新聞處，
　　1971 年 5 月版。

《臺灣民俗大觀》（第二冊），凌志四主編，臺北：大威出版社，
　　1985 年 3 月版。

《臺灣冠婚葬祭家禮全書》，林明義著，臺北：武陵出版社，1987
　　年 8 月初版。

《臺灣民間的風俗與信仰》，邱家文著，臺中：臺灣省政府新聞處，
　　1987 年 10 月。

《臺灣民俗》，吳瀛濤著，臺北：眾文圖書公司，1987 年 11 月再版。

《民俗臺灣》（第一輯）——中文版，林川夫主編，臺北：武陵出
　　版社，1990 年 1 月初版。

《端午禮俗史》，黃石撰，臺北：鼎文書局，1979 年 5 月出版。

《中國游藝研究》，楊蔭深著，臺北：世界書局，1989 年 11 月四版。

《華夏諸神》，馬書田著，北京：燕山出版社，1990 年 2 月第一版。

《中國民間故事全集》，陳慶浩、王秋桂主編，臺北：遠流出版公
　　司，1989 年 6 月初版。

　　第二十四冊：河南民間故事集。

　　第三十冊：遼寧民間故事集。

七、期刊論文

〈宋代元宵詞漫談〉，楊海明撰，《蘇州大學學報》1983 年第 4 期。

〈詞調與聲情〉，陳滿銘撰，《學粹》第 17 卷第 5、6 期，1975 年
　　12 月。

〈南宋詞家詠物論述〉，張敬撰，《東吳文史學報》第 2 號，1977
　　年 3 月。

〈詞的對比技巧初探〉，王熙元撰，《古典文學》第 2 集，1980 年
　　12 月。

〈「情景交融」對文藝的影響〉，王可平撰，《中國文化月刊》第 147
　　期，1992 年 1 月。

〈唐宋的元宵張燈〉，微隱撰，《暢流》第 25 卷第 1 期，1962 年 2 月。

〈上元禮俗及其歷史傳說〉，朱介凡撰，《今日中國》第 21、22 期，
　　1973 年 1 月。

〈賞燈之慶話節俗〉，牛吟撰，《青溪》第 92 期，1975 年 2 月。

〈燈節的起源與發展〉，涂元濟、涂石撰，《民間文學論壇》1985
　　年第 1 期。

〈上元競華〉，簡松村撰，《故宮文物月刊》第 2 卷第 12 期，1985

年 3 月。

〈十二月令圖中上元即景〉，吳文彬撰，《故宮文物月刊》第 4 卷第 11 期，1987 年 2 月。

〈慶元宵話佳節〉，阮威撰，《華文世界》第 47 期，1988 年 3 月。

〈元宵節補考〉，王秋桂撰，《民俗曲藝》第 65 期，1990 年 5 月。

〈臺灣舊慣習俗信仰〉，高賢治編、馮作民譯，《臺灣風物》第 29 卷第 1 期，1979 年 3 月。

〈歲時節慶的米食〉，李鶴立等撰，《漢聲雜誌》第 13 期，1982 年 12 月。

國家圖書館出版品預行編目

兩宋元宵詞研究 / 陶子珍著. -- 一版. -- 臺北市：
秀威資訊科技, 2006 [民 95]
　　面；　公分. -- （語言文學類；AG0046）
參考書目：面
ISBN 978-986-7080-84-4(平裝)

1.詞 - 歷史 - 宋(960-1279) 2. 詞 - 評論

820.9305　　　　　　　　　　　　　　95016485

語言文學類　　AG0046

兩宋元宵詞研究

作　　者 / 陶子珍
發 行 人 / 宋政坤
執行編輯 / 林世玲
圖文排版 / 黃莉珊
封面設計 / 羅季芬
數位轉譯 / 徐真玉　沈裕閔
銷售發行 / 林怡君
網路服務 / 徐國晉
出版印製 / 秀威資訊科技股份有限公司
　　　　　台北市內湖區瑞光路 583 巷 25 號 1 樓
　　　　　電話：02-2657-9211　　　傳真：02-2657-9106
　　　　　E-mail：service@showwe.com.tw
經 銷 商 / 紅螞蟻圖書有限公司
　　　　　台北市內湖區舊宗路二段 121 巷 28、32 號 4 樓
　　　　　電話：02-2795-3656　　　傳真：02-2795-4100
　　　　　http://www.e-redant.com

2006 年 9 月 BOD 一版
定價：230 元

讀　者　回　函　卡

感謝您購買本書，為提升服務品質，煩請填寫以下問卷，收到您的寶貴意見後，我們會仔細收藏記錄並回贈紀念品，謝謝！

1. 您購買的書名：_____

2. 您從何得知本書的消息？

　　□網路書店　　□部落格　　□資料庫搜尋　　□書訊　　□電子報　　□書店

　　□平面媒體　　□ 朋友推薦　　□網站推薦　　□其他_____

3. 您對本書的評價：(請填代號　1.非常滿意 2.滿意 3.尚可 4.再改進)

　　封面設計____　版面編排____　內容____　文/譯筆____　價格____

4. 讀完書後您覺得：

　　□很有收獲　　□有收獲　　□收獲不多　　□沒收獲

5. 您會推薦本書給朋友嗎？

　　□會　□不會，為什麼？_____

6. 其他寶貴的意見：_____

_____

_____

_____

讀者基本資料

姓名：_____　年齡：_____　性別：□女 □男

聯絡電話：_____　E-mail：_____

地址：_____

學歷：□高中(含)以下　　□高中　　□專科學校　　□大學

　　　□研究所(含)以上 □其他_____

職業：□製造業 □金融業 □資訊業 □軍警 □傳播業 □自由業

　　　□服務業 □公務員 □教職　　□學生 □其他_____